AF271802

Aquel nuevo amanecer

Juan José Donaire García

No se permite la reproducción total o parcial de esta obra, ni su incorporación a un sistema informático, ni su transmisión en cualquier forma o por cualquier medio (electrónico, mecánico, fotocopia, grabación u otros) sin autorización previa y por escrito de los titulares del copyright. La infracción de dichos derechos puede constituir un delito contra la propiedad intelectual.

Copyright © Juan José Donaire García 2021
Autor inscrito en el Registro Central de Autores y Editores de Barcelona.
Diseño de portada por "macrovector/Freepik"
Impresión y editorial: BoD – Books on Demand
info@bod.com.es — www.bod.com.es
Impreso en Alemania – Printed in Germany

ISBN: ES 9788413734361

Prólogo.

Si buscas una novela convencional sin duda te equivocas al escoger este libro, si por el contrario deseas navegar por una incoherencia y no siempre ordenada trama tradicional entonces, este es tu libro.

La aparición de personajes es básicamente inexistente o intrascendente, pues la trama y el argumento son internos e íntimos entre los protagonistas. Una de las facetas más frecuentes de nuestra vida es la que pasamos hablando con nosotros mismos aunque no nos demos cuenta, y con aquellos que nos llenan el corazón.

La introspección es el arma para desenmascarar el contenido de nuestras inquietudes y nuestros deseos más ocultos.

CAPÍTULO 1

Desafío esa frontera que separa y aísla a un anacoreta, un monje solitario, eremita por auto decreto por aquello del ascetismo. Y enfrascado en un proyecto cenobitista me integro en el submundo de los errores y del desconcierto. Claro que navegar en aguas tranquilas también puede resultar algo aburrido y esa soledad puede ser mala compañía en según qué momentos. Nuevas formas para nuevos tiempos, la clave para una metamorfosis que pide el cuerpo y ¿cómo no?, el alma.

Arañar, rascar, arpar, rasgar las vestiduras para beber los vientos por aquello que nos conmueve y nos atrae pide una inmersión en la sociabilidad. Arduos esfuerzos y pingües disfraces harán falta para este carnaval cuyo contexto responde a una historia de amor.

Desatadas las estachas que sujetan la nave en puerto y cautivo del deseo de hacerme a la mar, parto sin demora hacia nuevos horizontes, allá donde alambicadas las fuerzas buscan la purificación compleja y sofisticada, sutil y a la vez perspicaz y aguda. Rugen las cuadernas del viejo velero que deja atrás las marismas y pone rumbo a las auroras boreales en busca de la luz que ilumina una esperanza. Preponderantes y austeras premisas que agudizan los ingenios para evitar naufragios en las tempestades y las hostiles acometidas del acuciante destino. Luce en el pabellón de proa el torrotito engalanado con el pendón de combate que blande en su ondear las intenciones de alcanzar la gloria. La batalla contra la crueldad de una escuadra que armada con los cañones de la indiferencia y el desánimo nos apunta a la línea de flotación. Pero más duras fueron las embestidas de un comienzo paradigmático y con guisos de infortunio y desafiante ante el anhelo de llegar a algún lugar. Ahora que la brisa es favorable y que todo apunta al diseño de una ruta prevista, surcamos los mares de la libertad hasta el final de los días.

Inquietas miradas como las de esas golondrinas que intuyen que está próxima una nueva primavera. Renacidas ansias como las de esas margaritas que intuyen que un sol las mira a la cara por fin. Renovadas promesas como las de esas luces que apagan la oscuridad con su nuevo esplendor. Cautivas razones que como esas leyes naturales intuyen que está a punto de aparecer la justicia.

Armados hasta los dientes como esas naves que intuyen la inminente entrada en zafarrancho de combate. Así es como afrontamos el nuevo reto, la buena nueva que nos espera al doblar la esquina de este misterio.

— ¿Adónde vamos? —me pregunta el taxista.

Siempre quise responder al subir a un taxi aquellas palabras...

—Lo más lejos posible.

En realidad no me refiero a la distancia sino lejos de las vanidades y de las injusticias implícitas en el ser humano, mientras miro por la ventanilla del asiento posterior bajo una persistente lluvia. La distorsión de las imágenes producida por las gotas de agua paraliza la mirada como en un proceso hipnótico y vuela la mente por senderos a veces inhóspitos.

Alejarse es tomar perspectiva para el análisis y eso produce dolor y ansiedad, pues la realidad es mucho más despiadada que la suposición.

Lo más lejos posible de los demoníacos intereses humanos y de la perversa mirada de los ladrones de sentimientos.

Sentir es aquello que consideramos prohibido cuando eso conlleva entregar el corazón e incluso el alma.

Sentir solo es posible cuando en el espejo se refleja una imagen por la existencia de luz, de lo contrario solo hay oscuridad.

Los árboles y los edificios pasan como si quisieran quedarse atrás y formar parte del pasado inmediato y nuestro avance es la ruta hacia el futuro también inmediato. Algo que inicia a cada instante y deja de suceder al instante siguiente. Cada mirada se convierte en un fotograma que archivamos o no en el recuerdo.

La idealización de un proyecto, es una imagen inexistente, sin embargo está en nosotros mientras las gotas de agua siguen deformando las imágenes de la realidad objetiva.

Es lo que podemos llamar el anhelo de un sueño que quiere dejar el estadio de la fantasía para convertirse en una imagen nítida y palpable.

Me armo de valor y bailo un chotis en una baldosa con la adversidad, levanto los tacones y giro los pies en un movimiento rotativo sin variar ni un milímetro su posición, mis labios inmóviles querrían pronunciar palabras de recriminación y protesta, sin embargo me consta que sus oídos son sordos y su complacencia es inexistente. Y la adversidad sonríe abiertamente, pues se sabe dueña de la situación y marca el ritmo y el compás de forma irreversible.

Con la última nota se produce un estruendoso silencio y separándome la miro de arriba abajo con la firme decisión de no concederle más piezas, sus brazos intentan elevarse para seguir bailando conmigo, pero todo atisbo de un nuevo baile es nulo por mi parte.

Con un cortés y respetuoso ademán me despido de tan despiadada dama y esta vez vuelvo a alzar los tacones para el giro definitivo de decir adiós a madame adversidad y buscar en unos labios rojos el oscuro objeto del deseo que sin duda irán acompañados de una mirada de unos ojos verdes como la esperanza de una mujer que hasta sería capaz de ser simplemente mía.

Busco desesperadamente la salida de este laberinto gigante y acaricio una calmosa y apacible amatista para equilibrar el peso de la carga emocional. Pero no son buenos tiempos para las floristas de las Ramblas ni para los ruiseñores que enmudecen por las malditas mascarillas antivirus.

Los avatares se rifan el turno para incidir y para manifestarse enloquecidos ante la tesitura y las gaviotas dejan el mar para rebuscar en las basuras urbanas, y las ratas ya no tienen sitio en las cloacas y campan a sus anchas vestidas de novia de día y con frac en la noche.

Busco desesperadamente ese camino de rosas con mis manos ensangrentadas por las espinas y mi corazón roto por el deseo de alcanzar la felicidad. Pero no son buenos tiempos para el desahogo de las fantasías y la escultura de los sueños rotos por el despertar prematuro y cruel.

Las desdichas se rifan la oportunidad de ser las protagonistas enloquecidas ante el maremoto que llega a estos remansos de la orilla de mi playa rodeado y en compañía de esa que nunca me olvida y que se ciñe a mí como una lapa, mi hermana la soledad.

Busco desesperadamente la hoja de ruta que desdibuje el mapa del infierno de Dante para deslavazar el concepto de La Divina Comedia, que por dantesca es insulsa y descabellado drama disfrazado de otra cosa.

Los destinos al azar se rifan la ocasión de dejarme en la estacada, sentado en este andén por donde ya no pasan más trenes cargados de promesas. Pero no son buenos tiempos para los soñadores y los poetas que más muertos que vivos se dejan la piel y los ojos deshilvanando verso tras verso sus sentimientos.

Dejo tras de mí una estela de alegrías y lamentos que circunvalan por mi corona de espinas clavadas en mi aturdida mente sangrante y que en su agonía recita las alegorías de lo que pudo ser y no fue.

Dejo tras de mí una maleta vacía de equipaje, pues todo lo que fui quedó por el camino de los intentos fallidos y de las ocasiones perdidas por la ceguera de un drama existencial que pudo ser y fue.

Dejo tras de mí una parte de mi esencia y mis pesares que rondaron mi alma para el desequilibrio y la locura que persistente y autóctona formaron los pilares de estos absurdos y fugaces sentimientos.

Dejo tras de mí estos versos que un día salieron a la luz por generación espontánea y acudiendo a una cita a ciegas con los diablos al son de una dulce melodía mientras miraba a la Luna.

En ciertas ocasiones es fácil buscar acomodo en la incoherencia, mucho más cuando las inquietudes nos acechan como lobos hambrientos. Quiero intentar hacer una paráfrasis que dé luz a una explicación lógica y ajustada de la coyuntura actual. A pesar de todo, lo importante es encontrarse a sí mismo, que parece una frase hecha, pero es complicado a veces, pues una cosa son los deseos, los anhelos y otra distinta los proyectos firmes.

Me gusta tirar de los hilos de lo inexplicable para deshacer las madejas de los misterios. Y si algo es misterioso es aquello que está en la mente y que no podemos desarrollar por estar inmersos en resolver asuntos de gran trascendencia en la vida cotidiana. Lo cotidiano es aquello que se repite a diario y se convierte en rutinario y limita otras actividades, pues ocupa su sitio, su espacio en cada momento.

¿Dónde leí eso? "El arte de convertir las palabras en imágenes". Sin duda es un arte.

¡Ah!, ya recuerdo, era un reportaje de una escritora que conocí una vez.

Integrar una actividad a nuestra vida es vivir algo con intensidad y que eso pueda hacer que una vida alcance la plenitud.

La plenitud es el estado en que se ha alcanzado el momento de máxima perfección o desarrollo, la exuberancia, la abundancia, el prodigio y el esplendor. Lo contrario es la escasez o el vacío.

Vivir en plenitud no es lamentar lo que nos falta o sufrir por lo que nos sobra. Es sentirnos capacitados para aceptar lo que no se puede cambiar, tener valor para transformar lo que sí puede cambiarse y seguir progresando sin perder ese equilibrio personal.

CAPÍTULO 2

Es hora de zarpar, el inicio de algo, y dar movimiento a esos estáticos fotogramas. Animación diría que indica ánimo, por tanto conviene demostrar el movimiento andando.

Y "al andar se hace camino", como decía el poeta.

Ando por los andurriales de esa zona de la memoria donde habitan los recuerdos ocultos y las incógnitas no despejadas del todo. Por los angostos callejones de las frustraciones y los desengaños. Por esos límites de la cordura donde un paso en falso hace caer por el precipicio de los infiernos en el mapa de Dante.

Sobrevuelo los espacios abiertos de esta oscuridad que aspira a tener luminosidad en cualquier momento. Por las negaciones y los rechazos. Por los caminos que no tienen destino. Por los laberintos sin salida que obligan siempre a volver atrás.

Aterrizo en las extensas llanuras del placer terrenal y con ellos la aspiración de rozar un cielo.

— ¿Qué haces ahí? —me pregunta uno que me vacila creyendo conocerme. Podría contestarle mal, pero no vale la pena, tal vez su estrechez mental no entendiese nada.

—Aquí, viéndolas venir. —Expresión que sirve para casi todo. En realidad debería haber dicho; Aquí lo más alejado de ti que puedo, no sea que la necedad y ese vacile poligonero sean contagiosos. Pero siempre queda aquello de lo políticamente correcto, otra frase de dificultoso entendimiento.

Pero es que "viéndolas venir" es esperar que las cosas aparezcan por sí solas, y eso implica una pasividad o al menos la no intervención para propiciar algo. Y la inactividad para nada es correcta y menos políticamente.

La capacidad analítica empieza por ese principio científico de "prueba-error", de lo contrario las incógnitas quedan sin despejar y la duda corroe las mentes hasta su oxidación total. Es por eso que tomar iniciativas es plantear inicios de algo, sin que ello conlleve contraprestación alguna, pues de ser así deberíamos llamarlo intención.

"Tengo la intención de escribir una novela" me decía un colega el otro día. De nuevo aparece la respuesta tipo.

"Me parece estupendo, buena suerte". Le dije.

En realidad la intención no era esa, la intención es alcanzar el éxito y ganar dinero vendiendo libros. Pero claro, una intención también conlleva una iniciativa y es totalmente admisible.

Pero es que las intenciones en ocasiones entran en contradicción con las iniciativas. La expresión "Dar pábulo" suele utilizarse con la clara intención de señalar que se está dando coba, alentando o alimentando una situación, normalmente con intención de acrecentar alguna crispación o disputa, viene a ser un claro sinónimo de "malmeter", "echar leña al fuego", usado para el mismo fin, e incluso el de "meter cizaña". "Como te aprecio, te voy a dar un consejo". Me dijo uno dándome pábulo. Y yo me pregunto, ¿es eso una iniciativa alentadora, o es una intención que alimenta su propio ego proyectando hacia mí sus valores intrínsecos?

Encogiendo los hombros, con clara intención, esta vez sí, intención que evita responder lo que correspondería, respondí…

Pues tú dirás… Recuerdo responder entrecerrando los ojos para manifestar un cierto interés, que por otra parte era nulo. Y es que el pábulo es esa materia que sostiene una idea, pero no necesariamente coincidente con las ideas de los demás.

Las hogueras en el pensamiento de un pensador están siempre encendidas, y echar leña al fuego puede provocar un incendio. Tal vez es el verdadero motivo de mi rechazo a la sociabilidad. No es por la no inmersión en el tejido social, sino por el temor al posible contagio de intenciones corrosivas.

Suena el teléfono, olvidé quitarle el sonido. ¿Quién será?

—Sí, dígame…

—Buenos días, disculpa ¿Emilio? Espero no equivocarme. ¿Sigues teniendo el mismo número no?

—Si te refieres al número de teléfono sí, bueno y al resto también, casi siempre en rojo.

— ¡Vaya! Ya veo que eres tú, y el mismo sentido del humor de siempre.

—Sí, soy yo, ahora la incógnita es ¿quién eres tú?

—Ja, ja, ja. Soy Alexia, ¿no te acuerdas de mí?

— ¿Alexia? Déjame pensar… Ja, ja, ja. ¿Cómo no voy a acordarme de ti? He reconocido tu voz al instante. Y dime, ¿qué es de ti?

—Pues mira estoy cerca de tu pueblo y me he dicho… ¿por qué no lo llamo?

— ¡Ah! ¿Sí? Estupendo —la respuesta es sincera, no hay otra persona con la que haya tenido más conexión que con ella.

—Había pensado que podríamos vernos, ¿cómo lo tienes?, ¿sigues escribiendo supongo no?

—Sí, sí, claro, aquí estoy en un auto confinamiento perpetuo. Pues es buena idea, hace tiempo que no salgo.

—Pues te doy una hora y te recojo, prepárate que nos vamos a comer una paella juntos.

— ¡Una paella! Espléndido, mi plato favorito —aquí el sarcasmo impera sobre la sinceridad, de sobra sabe que no es lo mío.

—No hombre no, era una broma, lo que queramos. —parece estar animosa y sus bromas son las únicas que tolero.

—Sí, sí, aquí te espero, bajaré al cruce y allí te espero.

—De acuerdo corazón, hasta ahora, cuelgo que estoy en doble fila y ya me están acosando.

—Bien, bien, hasta luego —me quedo paralizado, y eso que estaba tratando el tema de las iniciativas.

Me vienen a la mente los buenos momentos que pasé con esta mujer, realmente jamás conocí a nadie como ella. Hasta hubiese cometido la locura de casarme con ella.

Bueno voy a prepararme, barbas fuera, ducha y las mejores galas, esa camisa que está ahí planchada por casualidad y a la calle.

¡Vaya! Ni siquiera le he preguntado, ¿a qué se dedica ahora?, bueno tiempo habrá. El caso es que me suena algo de interiorismo, ¿tendrá algo que ver con lo que pienso? ¡Qué tontería! Si es decoración. Recuerdo que tenía una exquisitez especial para eso.

En doble fila... sigue igual que siempre. Me pondré aquí, como aquella vez que vino hasta aquí, espero que me vea. ¡Ah! Ahí está, no me ve... ¡Ah!, sí, sí.

— ¡Hola guapa! —está realmente hermosa eso es indiscutible.

—Hola Emilio, sube cariño, tenía muchas ganas de verte. ¿Qué tal estás?

—Ahora mismo muy bien. ¿Sabes? Me has alegrado el día, no pensaba salir de casa.

El cruce de miradas es intenso y nos retrotrae a unos recuerdos inolvidables. Le cojo la mano y un escalofrío me recorre todo el cuerpo, sin más dilación le doy un beso en la mejilla y ella me devuelve otro.

— ¿Puedo arrancar?, —me pregunta.

— ¿Cómo?, no entiendo la pregunta.

—Es que no dejas de mirarme y no sé si…

— ¡Ah!, perdón, sí, sí, vamos, vamos.

Ciertamente estoy embobado, su belleza siempre me sedujo pero con el paso del tiempo aún la encuentro más hermosa.

—Bueno, tú dirás dónde vamos, ¿Qué te parece aquel sitio en el puerto?

—Excelente, sí —respondo.

Todavía recuerdo aquella paella que comimos allí, pero ha dicho que nada de paellas, espero. De todas formas, ¿qué más da?, si lo que quiero es estar con ella, en casa seguro que hubiese acabado con unos garbanzos viudos con un chorro de aceite como materia grasa.

—Y dime, ¿Qué tal los niños? Espero que bien. El pequeño ya no debe ser tan pequeño ¿no?

— ¡Uy! Si lo ves no lo conoces, está alto Emilio y sigue siendo un cielo de niño. Para mí siempre será un niño, ¿sabes?

—Ya imagino sí, es natural. —respondo pensativo, y es que el que no me conocería es él a mí, es lo que tiene ser un actor secundario, un extra en la película de la vida de alguien...

— ¿Es por ahí, verdad?

—Me tomas el pelo, ¿no?, recuerda, el despistado para estas cosas soy yo.

—Sí, sí, ya me acuerdo ya.

—Mira, puedes estacionar ahí —aprovecho que mira hacia el otro lado para mirarle las piernas, ella disimula y hace como que no se da cuenta, pero estoy seguro de que sí, la conozco y no se le escapa nada.

—Pues hala, ya está. Vamos a dar un paseo por aquí Emilio, ¿recuerdas los paseos que dábamos por aquí?

— ¿Cómo no? No lo olvidaré jamás.

—Te gustaba mirar los barcos, los veleros sobre todo, y se te iluminaba la mirada al hacerlo.

—Se me iluminaba mucho más al mírate a ti Alexia, no te quepa duda. —Lo que me quedaba era atónito y ciego de amor, pero ¿qué le voy a decir que ella no sepa?

En uno de los establecimientos hosteleros luce una de esas pizarras antiguas con un menú que atrae por la hora que es, y al acercarnos vemos que en lo más alto y de forma destacada pone; ¡Canelones! Nos miramos y rompemos a reír los dos a la vez.

—Ja, ja, ja, bueno, ¿qué hacemos?, ¿buscamos otro?

—No, no, por mí está bien. —sabía de sobra que ya no iba a moverme de ahí, pero es que era ya como una especie de tradición para ambos eso de los canelones.

—Pues adelante, a por ellos. —responde entre risas.

—Mira ahí hay una mesa junto al muelle, al sol, recuerdo que la última vez tuvimos que desprendernos de gran parte de la ropa, y al final cambiar de asiento para no tostarnos y quedar como aquellas gambas langostineras que nos sirvieron en aquella paella, que por cierto no era nada del otro mundo.

—Y bien, explícame cosas, ¿qué haces ahora Alexia?

—Pues recuerdas aquella empresa de interiorismo, sí, unos arquitectos que precisaban una cara visible para aquel proyecto llamado metamorfosis.

—Sí, sí, claro que recuerdo eso. Y sabía que tú ibas a dar la talla para eso y si hablamos de imagen, pues no hay más que decir.

—Sigues siendo un adulador Emilio, pero yo te lo agradezco porque además sé que si lo dices es que lo sientes

—De eso no te quepa duda Alexia —así era, aunque tampoco voy diciendo por ahí lo fea o guapa que puede parecerme una mujer, está claro.

—Precisamente de eso quería hablarte Emilio —me señala con gesto serio.

— ¿A mí?, —le respondo sorprendido. Pero si yo no tengo ni idea de esas cosas.

—No, no, si no se trata de eso, se trata de que me acompañes en mis viajes, bueno eso siempre que quieras claro, sé que siempre te gustó viajar y buscar tus inspiraciones por ahí, y a mí me harías un gran favor y sobre todo compañía Emilio. Me encuentro muy sola desde que…

—Bueno, bueno, no sigas, no tengo ni que pensarlo, ya te digo que sí ahora mismo.

— ¿Sí? ¿De verdad?

Ese sí me trae a la memoria otro idéntico cuando acepté escribir un primer libro juntos y se me pone la piel de gallina. Y ahora pienso que este puede ser un argumento que sostiene un "inicio de algo", tal vez habría que decir reinicio, pero no, un inicio siempre es un inicio y no hay segundas partes sino partes únicas e irrepetibles.

—Permítanme que les recomiende nuestros exclusivos canelones señores —un simpático camarero interrumpe las miradas de complicidad que entran en conexión y que hablan por sí solas.

—Aceptamos la recomendación. ¿Verdad querida?

—Y tanto, aceptamos, aceptamos.

—No se arrepentirán señores, se lo garantizo. Gracias.¡¡¡Marchando dos de canelones!!! ¿Oído?

¡Coño! Cómo para no oírlo, lo habrán oído hasta desde el otro lado del puerto, ja, ja, ja.

Se trata de un momento verdaderamente mágico, como tantos otros que vivimos en otro tiempo.

—Bueno pues decidido, ¿cuándo empezamos?

—Mañana.

— ¿Mañana?, —la decisión estaba tomada, la premura y la inmediatez no tanto.

—Sí, sí, ¿por qué no?

—Está bien, pues mañana. De acuerdo.

—Es que verás, mi zona de trabajo es toda Cataluña y precisamente es por eso que me he acordado de ti, mañana voy a Puigcerdá a cerrar un acuerdo de unos terrenos edificables y recuerdo que me explicaste que de niño veraneabas por allí, así ha sido la cosa, pensado y hecho.

—Maravilloso alexia, hace años que quiero volver a ver todo aquello, y nunca he encontrado el momento.

Acuden a mi mente recuerdos de otros tiempos, de los bellos momentos que antaño disfrute. No sigo porque me suena a un tango, sí estoy seguro que es la letra de una vieja composición.

Ya veo aquellas inmensas verdes praderas y ese olor a pura naturaleza desatada, un río donde por poco me ahogo siendo un mocoso por un remolino provocado por una pequeña cascada. Y unas vacas gozando de una libertad y deleitándose con el pasto que después transforman en exquisita leche. Sabores, olores y sensaciones que también quedan ancladas en la memoria. Es el concepto de sinestesia, una variación no patológica de la percepción humana. Las personas sinestésicas experimentan de forma automática e involuntaria la activación de una vía sensorial o cognitiva adicional en respuesta a estímulos concretos. Por ejemplo, pueden ver un color cuando escuchan una nota musical, o percibir tacto en su mejilla derecha cuando saborean un alimento. Estas percepciones son idiosincrásicas, es decir, cada persona percibe unos colores, olores, sonidos y sensaciones físicas, etc. concretos y diferentes.

—Te has quedado pensativo. ¿Qué piensas?

—No, no pensaba en nada en concreto, estaba como tumbado en un prado rodeado de verdor y ensamblado con un entorno lo más parecido a un paraíso terrenal.

— ¿Ves?, sabía yo que te iba a inspirar, y eso que todavía no hemos empezado.

—Mis alas de soñador se despliegan con mucha facilidad Alexia, ya lo sabes.

—Y ahora me pregunto. ¿Qué nos pasó Emilio para distanciarnos? ¿Por qué?

— ¡Vaya! Ahora me has hecho descender de golpe a la cruda realidad y reconducir mis células grises a otros derroteros. Es largo explicar el porqué de algo que no tiene ningún sentido, y sin embargo sucede cuando parece que nunca pudo pasar.

Son de aquellas preguntas que no quisieras que te hiciesen nunca, y entre nosotros no hacía falta hacer preguntas ni contestarlas, con una simple mirada nos entendíamos a la perfección. Es posible que el tiempo y la distancia sí hagan que ahora aparezcan. Mis ojos se clavan en los de Alexia, pretendo volver a esa comunicación de antes. Me consta que ella está pensando lo mismo.

—No hace falta dar explicaciones Emilio, solo era un pensamiento que me ha aflorado de repente, nada más.

—Toda pregunta merece una respuesta Alexia, y esa más, lo que pasa es que argumentar una respuesta coherente se hace difícil para estas cosas. La oportuna llegada del camarero con una botella de vino sirve de paréntesis.

—Disculpen señores, me he permitido la libertad de elegir para ustedes este vino tinto de la tierra, olvidé preguntarles si querían alguno en concreto.

—Ese es perfecto, gracias.

Sin darnos cuenta estamos sentados uno junto al otro, como tantas veces, no uno frente al otro, a pesar de lo incomodo que era en ocasiones para ella girar el cuello para mirarme. Parecía que no queríamos nunca marcar distancias entre nosotros, barreras, obstáculos. Sin embargo la mayor barrera que existió fue la que nos hizo alejarnos un día. Los nefastos conceptos de las libertades individuales y los asuntos de tipo familiar constituían esa frontera infranqueable que no logramos abrir. Pero ahora no pintan bastos y las puertas que un día se cerraron no son herméticas y se pueden abrir en cualquier momento.

—Tiempo tendremos de hablar de todo esto querida Alexia, ahora disfrutemos de estos canelones que tienen una pinta estupenda y poco a poco las cosas se irán poniendo en su sitio.

Recuerdo que esa frase era más propia de ella que mía, pero esta vez sale de mis labios. Por cierto, no dejo de mirar sus labios, siempre estuve enamorado de esos labios y ahora también.

—Sí, sí, y tanto que tendremos tiempo, ya lo creo —su respuesta acompañada de una dulce sonrisa da pie a zanjar el asunto y elaborar una estrategia de "inicio de algo", es muy probable que por la mente de ambos pasa la idea de ese concepto de inicio de algo que no tuvo que cercenarse jamás.

¿Dónde quedaron aquellos deseos mutuos de no separarnos nunca? ¿Qué maldición nos derivó a rumbos paralelos por diferentes latitudes?

—Mira, ahora que lo pienso… tal vez tenga una respuesta para eso que preguntabas. Me refiero a ese alejamiento que no fue ni más ni menos que fruto de la filantropía. Quiero decir que la filantropía es esa tendencia a procurar el bien de las personas de manera desinteresada, incluso a costa del interés propio. Es el compromiso y el fomento de todo lo humano, lo que implica saber dar, sin decir, a quién y por qué. Por otro lado, el término altruismo se refiere a aquella conducta humana que se manifiesta como preocupación o atención desinteresada por otros; lo contrario del egoísmo. Es un sentimiento o actitud que impulsa a interesarse por las demás personas y a querer ayudarlas, especialmente a las más necesitadas, es decir la caridad, que incluye humanidad, piedad, generosidad, civismo, abnegación y desinterés. Resumiría diciendo que es aquel slogan de hace años de cierta entidad bancaria, que se apropió indebidamente de la frase "no hay un interés más desinteresado". Frase que en realidad le pertenece al concepto del amor, en cualquiera de sus vertientes. Pero sobre todo al de amor al prójimo.

—Entiendo lo que dices Emilio, lo entiendo porque te conozco y sé que siempre te desviviste por mi bienestar, incluso por encima del tuyo.

—Tal vez te parezca una contradicción, y es que realmente no es solo un recurso poético, el arma que desata los matices y agudiza el manifiesto que se pretende desmenuzar. La contradicción es el contraste, la inmersión en la paranoia a la vez la que hace que salpiquemos brotes de alegría desbordante. Un poeta triste no es signo de merecer lástima, pues la dicotomía es ese contraste que refuerza su ánimo, ayudado por la perseverancia.

Un poeta alegre es peligroso, pues su entusiasmo puede enmascarar la más cruel de las tristezas. El camino abierto de una alegría filantrópica es motivo de despilfarro emocional de un poeta, y ese es su anhelo.

Nada me alegra más que el ver brillo de los ojos de una estrella que un día alcancé con mis manos, y su resplandor está anclado en mi corazón. Tal vez sea ese el motivo de mi contradicción, del pesar de los pesares, de la agonía perpetua y de esta absurda soledad de espíritu. Tal vez. He querido significar esto, para que sepas que la alegría que siento en mí por ti, es absolutamente desbordante y el reflejo es esta prosa contradictoria que siempre esperó más y más gloria para ti. La literatura es la ficción hecha realidad, y el realismo un carrusel de fantasía.

—Bueno Emilio, creo que si a esto le sigue una crema catalana, el triunfo habrá sido total.

—El triunfo estaba garantizado solo con volver a verte, pero si a eso le añadimos un postre semejante, entonces ya será de nota. Y mira, soy capaz hasta de tomarme una copita de Cointreau. ¿Qué te parece?

— ¡Ah!, pues yo no le hago un feo a un Baileys con hielo, ¿sabes?

— ¡Exquisito!, ¡exquisito de verdad!

—Sabes usar las palabras clave ¡eh, bandido!

Una velada como tantas inolvidable, llena de esas sensaciones que iluminan el alma para querer seguir viviendo, un balón de oxígeno cuando la respiración es ya lenta y pesada, un aliento el flujo que nos devuelve lo que un día nos arrebató ese destino al que no supimos retar y que se adueñó de las fantasías para llevarnos a un desierto de arena.

Y llega el momento de la despedida, pero esta vez es solo por unas horas, mañana se produce el inicio de algo, tal vez… "Aquel nuevo amanecer".

CAPÍTULO 3

Acaricio mi pañuelo empapado de las lágrimas que derramé a lo largo de este tiempo, sentado frente a un amenazante papel en blanco y sin nada que poner en él.

En ocasiones el cerebro juega malas pasadas y el bloqueo impide orquestar y parafrasear aquello que se queda apartado en la zona secundaria de los pensamientos, tal vez a la espera de un mejor momento.

Trato de rememorar este fantástico día que ha roto la aburrida rutina a la que he llegado tras la desviación de mi trayectoria. Resuenan en mis oídos las palabras que como acordes musicales amenizan el lento latir de mi corazón cansado de luchar.

Hubo un tiempo donde no me rendía ante nada ni ante nadie, pero ese tiempo se acabó, ahora me rindo ante todo y ante todos, tal vez sea esa la razón de mi soledad elegida para esquivar los miedos y los acosos de fantasmas del pasado.

¡Caramba! El teléfono… tal vez sea ella.

—Sí, dígame… —Debo acostumbrarme a evitar el sí por delante, parece que esté aceptado algo de antemano.

— ¿Don Emilio… es usted?

¡Vaya! Esto ya no me gusta, ese don por delante augura algo no deseado.

—Sí, dígame… ¿Con quién hablo?

—Buenas noches Don Emilio, mi nombre es Esperanza Peláez, de Exclusivas Clímax, le llamo para comunicarle que ha sido elegido entre miles de candidatos para recibir un regalo de nuestra empresa.

—Mire señorita, me pilla en mal momento, no puedo atenderla, estoy muy ocupado.

—Está bien, no se preocupe, dígame cuándo le va bien y vuelvo a llamarle.

—Muy bien, se lo digo… ¡Nunca! Y ahora le ruego me disculpe tengo que colgar.

Maldita sea, y yo que pensé que era ella. Esperanza de Clímax, bonita esperanza, ¿pero a quién quieren engañar?

A esto es lo que se le llama venta a puerta fría, desde luego esta no es del todo fría, porque Clímax y esperanza suena del todo ardiente.

Elegido, ¿Elegido por quién y cómo? Tal vez escogen un número al azar a ver si con suerte dan con el más tonto de los tontos y pica con eso del regalo y se produce una operación de esas de marketing. En qué mundo vivimos, ya no va uno a por lo que necesita, es el producto el que busca un destinatario.

La necesidad es cosa distinta a los deseos, la necesidad es perentoria, categórica y terminante, mientras que los deseos son lentos y pasivos.

Formular deseos son actos de constricción, limitativos y por eso raramente se conceden.

Podría decir que deseo volver a hablar con Alexia, pero no es cierto, la verdad es que necesito hablar con ella, cosa muy distinta. Es un asunto de vida o muerte, pues ya lo dije en repetidas ocasiones, con ella estoy vivo y sin ella muero. En cambio elegí la muerte en vida, me aparté del camino por unas causas que a día de hoy no soy capaz de descifrar.

Otra vez… el teléfono, espero que no sea la Esperanza de nuevo.

—Dígame… —Esta vez he evitado el sí, por fin.

—Emilio, soy yo, no era capaz de conciliar el sueño y quería agradecerte lo de hoy. Estoy muy ilusionada con nuestro reencuentro, ¿sabes? Y como sé que escribes a estas horas, pero no quiero interrumpirte.

—Alexia, por favor, de ninguna manera, además no estaba escribiendo hoy, solo meditando precisamente lo traicionera que es la vida a veces. Y la verdad con la esperanza, bueno no, borra lo de esperanza, con la ilusión de que me llamases. Yo no me atrevía, porque sé que te acuestas temprano. Y si alguien tiene algo que agradecer, ese soy yo por el día maravilloso que hemos pasado juntos, como antes. ¿Sabes que al mirarme esta noche en el espejo me he visto rejuvenecido?, sí, como si me hubiese embadurnado con una de esas cremas hidratantes, y no ha sido así, tengo la piel como la de un rinoceronte y las arrugas parecen surcos de labranza, te lo aseguro, bueno ya me has visto.

—Sí, claro que te he visto y me has parecido el hombre más interesante que jamás he conocido.

—Te agradezco el cumplido, imagino que interesante es el sustitutivo de guapo claro, que lo otro sería una falacia como un piano de cola.

—Ja, ja, ja, siempre has logrado hacerme reír, eres la bomba ¡Eh! Guapo, estabas muy guapo.

—Bueno, entonces mañana carretera y manta ¿no?

—Sí, sí, a las ocho paso a recogerte, estarás preparado, supongo.

— ¿A las ocho de la mañana? ¡Madre mía!, hace un siglo que no me levanto a esa hora. Está bien, aquí estaré.

—Hasta mañana Emilio, buenas noches.

—Hasta mañana Alexia, que descanses.

Difícil va a ser coger el sueño esta noche, pero mañana quiero lucir radiante y no con unas descomunales ojeras de no dormir.

¡A la cama!…

La antesala del sueño profundo es eso que viene en llamarse el estado alfa, descabalgando del estado de alerta y en proceso de reseteo. Es entonces cuando se desencadenan una serie de imágenes y de sensaciones procedentes de la vigilia anterior y amenazan con producir el insomnio. No cabe duda que modificar los ritmos circadianos es una aventura osada y yo no me acuesto nunca antes de las dos de la madrugada.

Se interponen varios fotogramas y secuencias por la pantalla panorámica de mi mente, unas son esas verdes praderas que imagino volver a ver mañana y otras son ese otro verdor que un día me quitó la razón y casi la vida. Me refiero a unos ojos del color de las esmeraldas, ventanas hacia un interiorismo que me río yo del concepto de decoración. Es lo más bello y atrayente que vi jamás, y quedé deslumbrado, ciego de pasión.

Abrazado a mi almohada recorro los entresijos de un cuerpo que recorrí mil veces con la esperanza, ¡vaya! Otra vez sale la esperanza, con el anhelo de sumergirme en él para el resto de mis días.

Dicen que cada amanecer es un nuevo inicio, y es cierto, el ayer ya no existe, pues no se puede volver a él.

Ahora es el hoy, y en todo caso el mañana, que tampoco existe porque está por venir.

El porvenir es sinónimo de ilusión y de concordia con los angustiosos momentos del pasado. El porvenir es la puerta que abre los caminos nuevos y eso es siempre un inicio de algo.

El agotamiento físico y sobre todo el psíquico va ganado terreno y el sueño profundo es el protagonista ahora. Aquí los acontecimientos gozan de plena libertad para manifestarse de cualquier manera, el cerebro está liberado de la racionalidad y de todos parámetros habidos y por haber. Incluso la materia ahora es etérea y capaz de romper los moldes de las leyes físicas. En definitiva se trata de un verdadero vuelo cargado de silencios y de fantasías que tal vez no salgan a la luz jamás. Pero eso no indica que no hayan existido ni que existan realmente.

El sueño profundo es el verdadero motor que mueve los hilos de los sentimientos más arraigados en nuestra esencia y la energía liberadora de las presiones y la fatiga mental.

Pero si es cierto que "La vida es sueño y los sueños, sueños son". Entonces está claro que si no hay sueños es que no estamos vivos.

¡Vaya!, ahora me ha venido aquello de "Beberse sorbo a sorbo su pasado". Palabras de Machado que indican que el olvido es esencial para sobrevivir, que la nostalgia mata y que los recuerdos son tierra pasada, yerta, por tanto no conviene ararla ni cultivarla. Buscar en el camino la tierra fresca, donde pueden brotar las flores, esa es la ruta hacía la felicidad. Lugares donde asentar la solera para el descanso del alma. El futuro es la esperanza y el presente el medio para allanar el camino hacia el futuro. No es literatura, que también, es filosofía. No es locura, que también, es el milagro de la vida. La filantropía, el cariño y el deseo de los buenos deseos. La querencia, las raíces de una infancia que anuncia siempre un futuro feliz. Vuelvo a mi tierra, con los míos, los de mi raza, sí, los míos, como tú, que eres sin duda cosa mía.

¡Madre mía! Me he despertado ya varias veces y el reloj es perezoso al mover las agujas, son las tres de la madrugada, es por eso que la oscuridad se hace patente cuando miro esa persiana que no cierra del todo, es mi guía para saber si es de día o de noche.

Ahora recuerdo aquellos relojes de agua usados en la antigüedad, sin duda deberían de hacer algún ruido al decantar el agua en un recipiente que al llenarse marcaba el tiempo de un discurso o el turno de palabra en la democracia de la Grecia clásica.

Mañana no escribiré, prefiero recopilar sensaciones que sirvan de argumento para elaborar mi inesperado nuevo proyecto.

La existencia de un mañana prometedor es el acicate para discernir todo lo concerniente a plasmar más adelante en forma de relato o ¿por qué no?, una novela...

Tengo sed y hambre también, pero ahora un café sería apocalíptico para recuperar el sueño y necesito estar despejado para darlo todo mañana. Inexplicable concepto ese de "darlo todo" ¿Qué nos mueve a darlo todo? ¿Qué recompensa hay para justificar esa entrega?

Tengo hambre y sed, pero es que es precisamente la justificación que me movió y me mueve a darlo todo, porque es hambre y sed de justicia. Así pensé y sigo pensando cuando decidí darlo todo, entregarme en cuerpo y alma a un objetivo que consideré imprescindible.

Ahora recuerdo, sin falta mañana tengo que decirle algo muy importante y que se quedó en el tintero, tal vez porque no hubo necesidad de sacarlo a la luz, sin embargo ahora entiendo que sí.

¡Anda! Tengo una idea, lo haré a modo de esos relatos que le enviaba a menudo y que tanto le gustaban.

El miércoles es San Blas.

"Por San Blas cigüeñas verás,

y si no las vieres, año de nieves".

Hasta el refranero pierde su sentido con eso del cambio climático, ahora las cigüeñas están todo el año en los campanarios. Se perpetúan y dejan de ser migratorias.

Como yo, que no migro tampoco, porque he llegado a mi campanario definitivo. Y ese campanario eres tú, que con tu risa inconfundible e inimitable me abrigas el alma para que no pase frío.

El carácter es la representación de la esencia de una persona, y éste depende siempre del tipo de interacción que tenemos con los demás.

El mal carácter se alimenta del abandono o de la indiferencia como bien sabemos. Y el carácter sin calificativo de bueno o malo se forja con la personalidad intrínseca.

Algunos se equivocan al decir que tienen mucho carácter, no es tangible, no es mucho ni poco, es buen carácter o lo contrario, mala leche instalada y que se puede perpetuar también.

Hasta en los momentos más difíciles me demuestras un buen carácter, tal vez no veo otra cosa porque no quiero, ni debo.

Es muy probable que esté mucho más enamorado de ti por eso. Y ¿sabes? Es un fallo porque me hace hablar y hablar y abrirme en canal, hasta límites insospechados.

Pero es lo que siento, y la mala leche de la que tengo una buena dosis en la mochila se queda ahí. No aflora nunca porque está cautiva de tu encanto.

Ese es el adjetivo que más te identifica; encantadora. Si hasta los pequeños enfados son una broma para nosotros, ¿o no? Sin embargo la paciencia no es un atributo en tu caso, así lo demuestra la sesión de parvulario o las visitas de compromiso. Pero eso es natural, no eres antisocial, ni asocial, al contrario muy social. Lo que pasa es que quieres vivir tu intimidad, ese valor que añorabas durante mucho tiempo y eso te hace sentir que te sobra todo el mundo.

A mí también me pasa. Me sobran todos menos tú.

Tú me haces falta siempre, y no para los guiones solamente que también, me haces falta para sentirme vivo.

Tienes razón hace tiempo que no hago este tipo de escritos pero fíjate que doy vueltas y más vueltas a los argumentos y siempre voy a parar a lo mismo, mi amor por ti que dejo siempre presente en cualquier relato, novela, poema y hasta en los letreros de los cuartos de baño públicos, eso no porque lo considero impúdico y asqueroso, pero solo me falta sobrevolar con una avioneta de esas que pasan por la playa en verano con una pancarta que diga así... ¡¡¡TE AMOOOOO!!! Con letras gigantes de neón para que se vean hasta de noche, y hasta desde el cielo.> >.

Y mira para redondear el asunto te haré un poema al más puro estilo de Rubén Darío, como antes, donde ninguna mañana estaba vacía de contenido en los correos, poemas, reflexiones, análisis, éstos a veces crudos, pero formaban parte de un todo, sin duda, y en definitiva, ese no querer estar lejos de ti, la distancia era nexo de unión en vez de ser la nave del olvido.

Cantores nocturnos.

Canto en la noche cerrada
como el Mimus polyglotto
que reclama a su amada,
es mi cura y antídoto.
Sueño en la noche cerrada
como función reparadora
que añora y condenada
a larga espera ahora.

Canto hasta la madrugada

que me releve un ruiseñor

con esa voz engalanada.

Sueño hasta la madrugada

para que me oigas mi amor

el canto de mi voz callada.

———————————

A ver, a ver… tenía por aquí el correo electrónico…, sí, aquí está.

¡Vaya! Qué interesante… tiempo hace ya que no leía estos textos, desde luego a veces no reconocemos aquello que un día escribimos de nuestro propio puño y letra.

Sin ir más lejos aquí hay uno del que ni recuerdo cuándo lo hice, ¡Ah! Sí, si pone la fecha de enviado.

¡Caramba! Qué despropósito.

<En ciertas ocasiones es fácil buscar acomodo en la incoherencia, mucho más cuando las inquietudes nos acechan como lobos hambrientos.

Quiero intentar hacer una paráfrasis que de luz a una explicación lógica y ajustada de la coyuntura actual.

Todavía recuerdo aquella fotografía que quiso ser portada de un libro que nunca fue, una mesa de trabajo instalada prácticamente en el mar, un acristalamiento que aislaba del mundo real a dos soñadores y unas letras doradas que decían "Un nuevo amanecer".

Los amaneceres son el despertar cotidiano, es decir, la rutina, sin embargo las realidades marcan sus pautas y los sueños son objetivos que se disipan para dar prioridad a los asuntos primarios y fundamentales.

Ese es el argumento que construye la vida y destruye los sueños para que sean simplemente eso, sueños.

Empezaba este manifiesto de carácter personal con el acomodo en la incoherencia, y cierto es que en ella estoy instalado con esos fragmentos que son piezas de un puzle que un día querrán ser un todo, un conglomerado de pequeñas escenas que pongan en movimiento imágenes que por el momento son instantáneas, fotografías estáticas de estados de ánimo transitorio.

Precisamente cabe señalar que los propios títulos que elegimos para nuestros proyectos ya dicen mucho de todo eso. No hay más que ver que ese concepto de "Mujer florero" es sin duda la respuesta inequívoca de un rescate de esa personalidad apagada, enmascarada por lo circunstancial y que surge como reivindicación de carácter genérico.

Y qué decir de "Inicio de algo", es el anhelo de que un día suene la flauta y desaparezcan los temores a la desdicha y a los elementos distorsionadores que impiden la libertad plena para llamar a las cosas por su nombre.

Ambos proyectos son paralelos, más independientes, ambos son ambiciosos, más rozan la incoherencia absoluta como proyecto común.

Aquel acristalamiento, hoy es opaco y en realidad son muros que nos impiden ver el mar.

Ahora bien, otra cosa es trabajar codo a codo, cada uno en lo suyo, y eso sí es un intento que hay que llevar a cabo.

Hoy por hoy yo no tengo la inspiración allí, tal vez porque me siento intruso, y la inspiración surge por inmersión y no por intrusismo.

No sé si me explico, porque no lo entiendo ni yo mismo, pero bueno>.

Esto fue de lo último que escribí antes de… no quiero ni pensar en ello, tal vez fue el mayor error de toda mi vida. Sentirme intruso cuando era parte de ella y ella parte de mí, pero los disparates son eso, la falta de sensatez y los actos egoístas y liberadores de lo que en ocasiones consideramos cargas.

Siempre la amé y la amo, pero la negación se apoderó de mí cuando aquellas luces amenazaban con apagarse, y ahora veo que las luces no sea apagan si no es que las apaga uno mismo.

Refugiarse en la soledad puede resultar una acto de cobardía y también de egoísmo.

Huir de unos fantasmas que solo existen en la propia mente es como el temor que tiene un niño a la oscuridad. Esquivar los lazos del amor es renunciar a la vida y forjar las cadenas de una condena.

Vivir a caballo del mundo y el inframundo es tarea ardua y los espíritus del mal abandonan el inframundo e invaden un mundo plagado del fenómeno más extendido, la ignorancia. El no saber o el no querer saber no significa que no exista algo. El avestruz introduce su cabeza en la tierra para esconderse del mundo, tal vez escucha los rumores del inframundo. Los soldados de la bestia, ángeles caídos y otros monstruos no descansan, agudizan y afilan sus uñas cuando ven presas fáciles.

El león no teme al inframundo, su mundo es la tierra y su poder es supremo, ninguna alimaña amenaza al león. Y menos aún a sus crías. El territorio del león es inexpugnable, sagrado, nadie entra en él sin permiso. Y no hay expulsiones, nadie sale con vida si traiciona al león. El león no es rey, es emperador, y soberano por su naturaleza. El león ve el mal antes que se pueda percibir. Y no dudará jamás a enfrentarse al él.

Quién tiene un león como amigo es que tiene la vida a salvo y quién se sale del territorio, está perdido en mitad de la selva. Las alimañas se encargarán de él y después los carroñeros.

Son las cinco de la madrugada y estaría bien que entrara en fase descanso.

Tengo un correo, a ver… es de Alexia.

Para esta mujer el día empieza mucho antes que para el resto de los mortales.

<Buenos días cariñete.

Dentro de un rato nos vemos para pasar un día de nuevo juntos, y no recordé decirte que cojas algo de ropa por si tuviésemos que hacer noche, la negociación del asunto puede alargarse y volver por esas carreteras de noche no es muy aconsejable.

Hasta luego amor.

¡Ah!, ya he leído tu relato sobre el carácter y el poema, luego te digo, me ha trasladado a otro tiempo. Gracias cariño>

Bueno, pues sí, ya digo que a madrugar no le gana nadie, como a mí a trasnochar. ¡Uy!, las cinco y media, ahora sí, me voy a dar al menos una cabezada de lo contrario acabaré deslumbrado por los rayos del sol que no tardarán en atravesar las barreras de las persianas para anunciar a bombo y platillo que el día se abre camino y el amanecer es ese verdadero concepto del "inicio de algo".

CAPÍTULO 4

El suave y sutil sonido de las notas musicales de Las cuatro estaciones de Vivaldi incide en mis adormecidos oídos con la intención de despertarme, y lo consiguen. En concreto es "La primavera", siempre uso esa pieza aunque sea invierno o verano.

¡Madre mía!, son las siete, voy a prepárame, dentro de nada la tengo aquí llamando a la puerta.

A ver, una camisa, ropa interior, un pantalón y poco más, llevaré esto como equipaje, ¡Ah!, y lo de aseo, ya está.

Tan, tan, tararan, tan, tan tantán. ¡Vaya!, ya se me ha pegado… La primavera para todo el día.

Me miro en el espejo como hice ayer, y esta vez no tengo el mismo aspecto, el transcurso del tiempo y las noches en vela quedan reflejados en esas arrugas que destapan la incipiente senectud. Bueno, un buen afeitado y un café con leche cargadito y vamos tirando.

¡Ringggg!, ¡Ya está ahí!

—Voy, voy… bajo, ¿o quieres un café?

—No, no, baja y nos vamos. No estabas en el cruce y he venido hasta aquí.

Las ocho en punto, tiene un sentido de la puntualidad extremo.

—Buenos días, ¿qué tal?, ¿Preparado?

—Sí, desde luego. Buenos días.

Le planto un par de besos y cuando me dispongo a subir al coche….

—No, no, conduces tú —me dice señalándome la puerta del conductor del espléndido automóvil, que como siempre destaca por su brillantez, una limpieza fuera de lo normal.

— ¿Yo? —le respondo con sorpresa.

—Claro, ¿o ya no sabes conducir?

—Sí, espero que sí.

Apenas puedo introducir mis piernas en el habitáculo, no es un problema del vehículo, es esa estructura corporal mía, todo piernas a pesar de mi escasa estatura y un tronco diríamos que descompensado.

Reajusto el asiento y miro el cuadro de instrumentos, no pregunto nada, pero veo cosas extrañas para mí.

—Bueno, ahora lo entiendo, desde que eres una mujer de negocios necesitas un chofer, ¿no es eso?

—No hombre no, pero me gusta que conduzcas, y así mientras voy repasando estos documentos, eso sí, no hagas como de costumbre y acelera, recuerda que vamos de trabajo, no ha dar un paseo.

—Está bien, de acuerdo, entendido. Pues tú mandas, ¿hacia dónde?

—Te lo dirá el navegador, tú tranquilo.

— ¡Ah!, vale, la Mari Carmen, ¿no la llaman así?

— ¿Mari Carmen? Es la primera vez que lo oigo.

Antes que me dé cuenta una singular voz en off parece dirigirse a mí y…

<Dirígete al noroeste por carrer Salvador Espriu… en el cruce gira a la derecha hacia avinguda de Juan Corrales…

A trescientos metros, en la rotonda sal por la segunda salida para seguir por avinguda Juan Corrales>

—Impresionante, así es imposible perderse.

—Emilio, era por ahí, te has pasado la salida. Ja, ja, ja.

—No, no, ha dicho la segunda salida y por ahí es recto.

—Es por ahí cariño.

—Bueno, daré la vuelta y salimos por ahí. Mira ese abuelete nos aplaude, es como aquello de "ovación y vuelta al ruedo" ¿no? Ja, ja, ja.

La emoción me invade, algo me dice que voy a un lugar que me aportará inspiración y no solo eso. Tal vez un recuerdo que parecía estar en la zona de los archivos del olvido.

—Alexia, ¿no me digas que nos dirigimos hacia dónde creo?

— ¿Hacia dónde crees? —sonríe.

—Pues hacia Vidrà… es el camino.

—Has acertado querido, vamos allí, ¿qué pensabas que no lo recordaba?

—Nunca lo hubiese pensado, la verdad. Siempre consigues sorprenderme.

Mi mente es ahora un laberinto, casi siempre lo es, pero esta vez el corazón me da un vuelco, son recuerdos de mi niñez y eso me retrotrae a mis padres, han pasado sesenta años y todo parece seguir igual por aquí. Me parece increíble y además impresionante.

—Es por aquí Alexia, no necesito navegador, reconozco esto como si hubiese estado ayer mismo.

— ¿En serio? ¿Conoces el camino?

—Ya lo creo, sin duda. En unos diez minutos estamos allí, es un fin de carretera, no tiene pérdida.

El paisaje es para mí familiar, esas praderas con un verdor especial, esas zonas vírgenes e inexploradas son aquel entorno que parecía un sueño para un niño y está grabado a fuego en mi memoria. Todavía recuerdo que en aquel monte está el santuario de Bellmunt y la iglesia de Sant Hilari, desproporcionada para un pueblecito como este.

—Esto lo considero un regalo Alexia, de verdad. No sé cómo agradecértelo. Casi no puedo retener las lágrimas en mis ojos.

—Emilio, esto te lo debía hace mucho tiempo, pero ha sido cosa de la casualidad.

En ocasiones nos toca asimilar todo aquello que nos rodea, y no todo es lo deseable, durante el viaje de la vida hemos ido recogiendo multitud de cosas, no todas positivas, de vez en cuando hacemos balances de situación y nos damos cuenta del estado de nuestra posición en el camino hacia el destino deseado. Es una prueba de la capacidad de resistencia del ser humano.

Aquí tiene todo su sentido el terceto final del mejor soneto, grandioso poema de Lope de Vega.

"Creer que un cielo en un infierno cabe".

El amor es también uno de los grandes hilos conductores de la vida y de la obra de Lope, el escritor más fecundo, desmesurado, creativo e innovador de toda la literatura en español. Sus amores con mujeres de la más variada condición marcaron toda su trayectoria vital y literaria. Siempre me pareció un ser de luz, a jugar por sus escritos.

Como señalé en cierta ocasión, los seres de luz y por derivación los iluminados por ellos tienen la capacidad de transitar por los infiernos y convertirlos en cielo. Ningún demonio es capaz de enfrentarse a un ser de luz, sabe que es batalla perdida de antemano. La luz es la energía positiva, lo contrario es la oscuridad, la obcecación.

No lo sabemos pero todos tenemos alas para volar, solo hay que aprender a levantar el vuelo, el resto es cosa del viento que nos hará planear y navegar por el cielo.

Ahora también me viene a la memoria aquel famoso refrán chino; "No le des un pez, enséñale a pescar". Nada es mejor regalo que ese, nadie regala nada, excepto un ser de luz, pues la enseñanza es el gran y único regalo que existe. Aprender a volar es tomar el rumbo de tu vida, con firmeza y sin temores.

En mis palabras podéis ver que hoy he vuelto a emprender de nuevo el vuelo, que mis alas baten con fuerza y surco los cielos sobrevolando por este infierno. El destino está ahí, puedo sentir su cercanía. No descansaré hasta lograr alcanzarlo. Ahora voy a determinar si realmente soy yo el ser de luz, o por el contrario es ella, pues no cabe duda que quien luce con esplendor es ni más ni menos que mi estrella.

—Estaciona ahí Emilio, hay que subir a pie por esa escalera.

—La recuerdo como si hubiese subido por ella ayer mismo, y puede que haga más de cincuenta años que no estaba aquí. ¿Te lo puedes creer Alexia?

—Claro que me lo creo. ¡Anda, vamos cariño!

Soleada tarde de un invierno que quiere poner fin a los desajustes de un tiempo que no volverá. En la mente un deseo marca las pautas del futuro que espera impaciente.

Una distinguida y a la vez cómoda escalera anuncia el ascenso a un Edén, y dos esbeltas macetas sostienen y salvaguardan una entrada majestuosa a ese cúmulo de belleza engalanado por la luz que dibuja la silueta del confort. El entorno rural invita a lo bucólico, lo ancestral, y alimenta los bellos recuerdos de otro tiempo.

La mirada se pierde en la exclusividad atronadora de espacios brillantes y acogedores a la vez. Alzar la vista es adivinar estancias diseñadas para ofrecer el concepto de felicidad.

Más allá aparece la imagen de un vergel que acoge y abraza el azul luminoso de agua dulce que refresca el alma.

Al alcanzar la Plaza Mayor, un escalofrío se adueña de mí, el tiempo parece haberse parado aquí, todo está igual que lo recordaba en mi mente. Hasta el banco de piedra junto a la casa del, donde me sentaba junto a otros chiquillos mientras jugábamos a soñar en aventuras fantásticas.

—Emilio, amor mío, mira… ese es nuestro hotel, mientras te acomodas y tomas posesión, yo voy a acercarme a los terrenos, el arquitecto ya está allí, será cosa de media hora. Espérame y disfruta de tus recuerdos, ¿Vale?

—De acuerdo, sí, sí… tranquila, yo te espero aquí.

— ¡Hasta ahora guapo!

—Hasta luego hermosa. ¡Vaya! Esta vez parece que lo decía en serio, lo de guapo digo.

—Buenas tardes caballero. ¿Tiene reserva?

La expresión de la cara de aquel hombre me era familiar, sin duda es de la familia de lo que en su día fue La Fonda, así se llamaba entonces, ahora era Hotel Sant Josep.

—Sí, sí, a nombre de Alexia creo.

— ¡Ah! Sí, sí… ya sé, tienen la suite, es la mejor habitación del hotel. Aquí tiene la llave, es en el primer piso, si desea que le acompañe…

—No, no, no se moleste, la encontraré sin duda. Y disculpe la indiscreción… ¿No será usted el hijo de Josep? Me refiero a…

—Y tanto, ¿Es que conoció usted a mi padre? Nunca le había visto por aquí.

—Pues yo sí, solo que era usted un bebé y yo un mocoso de siete u ocho años. Mis padres veraneaban aquí todos los años, han pasado cincuenta años claro.

—Pues sí, tengo yo cincuenta y dos, sería un bebé, como usted dice.

—Y dígame… esa puerta de ahí al lado… ¿Era también una casa de huéspedes, no es cierto?

— ¡Ah! Sí, sí… La señora Palmira, ¿La conoció?

—Desde luego, era amiga de madre. Aún recuerdo su cara.

—Pues murió hace años, pero no crea, alanzó los cien años, no todo el mundo puede decirlo.

— ¡Caramba! Cien años. Claro que no me extraña, viviendo aquí.

—Ahora la casa de un sobrino, un poco especial el hombre, viene poco, solo de vez en cuando.

— ¿No será un tal Jordi?

—Y tanto, no me diga que también le conoce.

—Bueno, pues le diré que sí, era un niño más pequeño que yo, y sus padres lo aparcaban aquí en verano al cuidado de su tía.

— ¡Vaya! Pues usted ya no es un forastero aquí entonces, claro que después de tantos años.

—Mire, acomódese, perdón usted es…

—Emilio, soy Emilio.

—Encantado Emilio, verá que la suite dispone de una gran terraza hacia atrás, se ve toda la pradera y hasta se adivina el río, supongo que conoce el río. Yo le subiré un refresco y un aperitivo. ¿Qué tal un cuba libre?

—Está bien, mejor un Gin Tónic, gracias, muy amable. Voy para arriba, gracias y encantado de conocerle yo también.

Se imagina la noche estrellada junto un espectacular entorno, donde las mentes sanan por la ataráxica sensación.

Espléndidas instalaciones habitacionales auguran el mejor de los descansos y nos invitan a subir al cielo de una terraza superior desde donde los ojos se elevan al infinito y más allá.

No ha sido un sueño, es la real descripción de lo que parece no poder existir, pero la realidad demuestra lo contrario.

La gastronomía cobra relevancia cuando los fogones se convierten en obra de arte al servicio del mejor gourmet en este lugar, aglomera múltiples posibilidades de degustación de exquisitos manjares. Será una cena de celebración, lo presiento.

Estoy pensando que esta mujer convierte no solo "palabras en imágenes", sino que es capaz de convertir sueños en realidad, cualquier detalle es un espléndido regalo difícilmente igualable. Y también creo que ambos nos merecemos algo de todo esto, hemos luchado mucho, en todos los ámbitos y en todos los terrenos.

Preponderantes y austeras premisas que agudizan los ingenios para evitar naufragios en las tempestades y las hostiles acometidas del acuciante destino.

Luce en el pabellón de proa el torrotito engalanado con el pendón de combate que blande en su ondear las intenciones de alcanzar la gloria.

La batalla contra la crueldad de una escuadra que armada con cañones de la indiferencia y el desánimo nos apunta a la línea de flotación. Pero más duras fueron las embestidas de un comienzo paradigmático y con guisos de infortunio y desafiante ante el anhelo de llegar a algún lugar.

Ahora que la brisa es favorable y que todo apunta al diseño de una ruta prevista, surcamos los mares de la libertad hasta el final de los días.

— ¡Amor mío! Ya estoy aquí. Veo que has aprovechado el tiempo, me ha dicho el señor Josep que por lo visto habéis hablado de muchas cosas.

—Ja, ja, ja, sí, sí, el señor Josep es hijo de otro señor Josep que yo conocí, era su padre.

—Pues me ha dicho que eres un hombre encantador. Pero eso yo ya lo sabía antes que él. Bueno, verás… esta noche toca celebración, por dos motivos, uno es que vamos a construir un complejo turístico impresionante aquí y está todo pactado y firmado, y el otro y más importante es que estamos de nuevo juntos. ¿Qué te parece? ¿Es para celebrarlo, o no?

—Pues te diré que lo presentía... me refiero a lo de la celebración. Y como sé que a ti te encantan las cenas, pues no podemos estar en mejor sitio para disfrutar de una velada inolvidable.

— ¿Qué tal las vistas desde aquí? ¡Madre mía! Qué cosa más hermosa.

—Sí, casi se ve el río, y el verdor es impresionante.

—Ja, ja, ja. Me refería a la terraza. Pero sí, es cierto es un paisaje maravilloso. Bueno, voy a arreglarme para la cena, y para ti claro.

—Muy bien cariño, tienes tu ropa en el armario, me he tomado la libertad de guardarla.

—Muchas gracias vida, siempre tan atento.

—Acabas de recordarme todos aquellos relatos que te escribía, eran a diario, cada cosa que hacíamos era todo un acontecimiento digno de ser relatado, los escribía por la noche y solías leerlos por la mañana al despertarte. También te enviaba poemas, de todo hacía uno, ¿recuerdas? A ambos nos hacía sentirnos felices.

— ¿Cómo quieres que no recuerde eso Emilio? Y espero que vuelvas a hacerlo, ¿o no lo harás?

—Ya lo creo, lo haré con mucho gusto. Recuerdo uno concretamente, fue un día que fuimos a comprar a un supermercado, las cosas no eran fáciles para nosotros, hemos pasado tanto juntos. Decía así:

<Tuve que reprimir, frenar mis instintos básicos cuando al asomarme a un pasillo del supermercado quedé deslumbrado por la fuerza de su luz. Un nudo en la garganta me impedía gritar a los cuatro vientos la palabra que tenía en mi mente... "GUAPAAAAAAAA".

No miraba los precios, ni las latas, ni los productos, era un autómata que imantado por su belleza sobrevolaba como una cometa la macro superficie comercial. Y no había más comercio que el trueque, yo quería darle amor y que ella me pagase con la misma moneda.

Los heterogéneos clientes me miraban como si fuese un bicho raro, y es que se podía leer en mi mirada lo que quería manifestar a voces... "LA AMOOOOO".

No, no se trata de un sueño, eso es lo que he vivido, mientras iba lanzando los productos en la cinta transportadora de la caja. Al salir, un cigarrillo a medias, me trajo el sabor de sus labios a los míos, y no pude resistir a decirme a mí mismo que "ESTOY LOCO POR ESTA MUJERRRR".

Y la locura nos lleva por ese camino que todos buscamos, el de la felicidad.>

— ¡Uy!, sí, sí, lo recuerdo, ¿y te lo sabes de memoria? Es increíble. —pregunta Alexia sorprendida desde la habitación.

—No cariño no, estoy leyéndolo en el móvil, aun lo tengo ahí guardado.

— ¡Ah! Pero no me hubiese extrañado conociéndote. Tienes una memoria para alagunas cosas inigualable.

—Eso era antes, he perdido mucho ya, los años no pasan en balde. Por cierto, siempre decías que eso de llevarnos tantos años de diferencia era un rollo, y era cierto sin embargo yo te decía que te alcanzaría, que yo restaba y al final no habría ninguna diferencia. Los años se llevan en el corazón, mientras la salud no abriga hay posibilidades de sentirnos jóvenes a pesar de la edad. Otra cosa es cuando aparecen los achaques, las mermas y los esfuerzos realizados durante una vida.

—Yo te veo estupendo, tal vez más joven que antes, te lo digo en serio.

— ¡Madre mía Alexia! Tú sí que estás guapa, pero si parece que vayamos a una entrega de premios, por Dios, qué elegante.

— ¡Hombre! No cada día ceno con un caballero como tú, además eres el hombre de mi vida, y eso no merece otra cosa.

—Ahora que veo ese tatuaje, recuerdo que lo querías más fino el trazo, pero realmente es perfecto, y sobretodo recuerda esa etapa de escritora que fue una auténtica revelación. Mira, aquí debo tener el texto que escribiste entonces, cuando te lo hiciste.

Sí, está aquí, mira…

<Quiso el destino tatuar la mágica palabra en mi piel. Ataraxia. La desconocía, hasta el día que escuché pronunciarla al hombre que me más he amado en mi vida. Me cautivó desde el primer momento y no quise deshacerme de ella jamás. Y aquí está, forma parte ya de mi esencia de mujer, su belleza cautiva a quién la aprecia, arrastrando la corriente al lugar de donde de nunca quisiera escapar. Serenidad, un paraíso palpable de sensaciones rodeando mi ingenuidad.>

—Eso es tuyo, y lo incluimos en ese libro, ¿recuerdas?

<Ocho letras la componen, podrían ser dos o tres, qué más da, lo mismo que un sí, o un no. Pero ella siempre será ella, con sus incógnitas, su misterio, sus sueños, su fantasía, sus deseos... Cuántas veces la habré acariciado deseosa de traspasar su intrépida felicidad, mientras mis ojos la siguem mirando con humildad. No cesaré un instante de mirarla, mientras el hombre al que amo guie mis firmes pasos por aquellos caminos que nunca en solitario me atrevería a descubrir. Mis pisadas me harán sentir que soy tu mujer, tu sueño, tu fuego y tus cenizas... Sentir hermosa eternidad, es sentir Ataraxia...>

—Me parece increíble que tengas todo eso en el móvil todavía, y por otra parte me parece encantador. Ves... cuando me doy cuenta de todo esto, todavía me pregunto el porqué de nuestro alejamiento, y no logro concebirlo. Yo también releo muchas cosas nuestras, y no me importa recordarlas, fueron los días más felices de mi vida, esos que vivimos con tanta intensidad.

—Está bien Alexia, no pensemos en ello, vamos a disfrutar de la velada y que estamos de nuevo juntos.

—Sí, vamos cariño.

CAPÍTULO 5

Al descender por la escalera que conducía al salón restaurante, me cogió la mano, la sensación fue para mí la de que tenía miedo de no sentirme suficientemente cerca de ella, como si quisiese cerciorarse de que no volvería a estar sola.

La segunda sensación la tuve con el olor a fuego de leña procedente de la cocina, y la exquisitez de aquel comedor, sin duda era todo más moderno, pero mantenía ese encanto de lo tradicional de estas tierras. El blanco inmaculado de los manteles, la tenue luz y esas paredes de roca pura, eran trasladarse en el tiempo.

—Buenas noches señores, Alexia, Emilio... Por aquí por favor. ¿Qué tal les ha parecido la habitación?

—Magnifica Josep, una maravilla, de verdad. Muchas gracias.

—Pues ahora a disfrutar de nuestra cocina, aquí tienen la carta, enseguida les atiendo.

—Emilio, cariño, he de confesarte que estoy muy contenta, quería hacerte un regalo y este me parecía que te haría ilusión.

—Has acertado de pleno Alexia, tal vez no se me hubiese ocurrido nunca volver a venir por aquí, y era una asignatura pendiente que tenía. Son tantos los recuerdos de infancia y también recuerdo a mis padres al estar aquí. También me acuerdo de los tuyos cuando paso por ese lugar que tú sabes.

—Ahora me dirás que sigues hablando con ellos, ja, ja, ja.

—Pues no te rías, porque no es ninguna broma, sí, hablo con ellos, pero voy poco por allí, esa es la vedad.

— ¿Han elegido señores?

—Sinceramente, no, estábamos absortos en este remanso de paz y divagando en cosas nuestras. Pero estoy seguro de que nos va a sorprender con algo típico, ¿no es cierto?

—Desde luego, será un honor. Tenemos un entrante de la casa que no olvidarán, genuino e inimitable, y después una ternera de Girona hecha a fuego de leña que quita el sentido.

—Pues no hablemos más, sea...

—Entendido, les traeré para regar todo eso un vino de la casa, que más de una de esas grandes marcas quisieran para ellos.

La cordialidad, la amabilidad de las gentes de estas zonas es impresionante y dista mucho del trato en otros lugares enfrascados en el mundo del turismo de masas. Un hotelito se convierte en la prolongación de su casa y entras a formar parte de ellos y de sus vidas.

—En cierta ocasión, —relata el bueno de Josep. Vino por aquí un matrimonio de mediana edad, a pasar un fin de semana, no tenían hijos, pues bien, solo les digo que viven desde entonces en aquella casa que se ve al salir del pueblo, ya no volvieron a la gran urbe. Porque vivir solo se vive una vez dicen, y si se puede conviene elegir cómo hacerlo. ¿No les parece?

—No cabe duda, así es. Es una decisión inteligente y tomaremos nota de ello.

—Bien no les molesto más con mis charlas populares, voy a por lo suyo.

—No es ninguna molestia, al contrario, muy agradecidos, es muy interesante.

—Esto me hace reflexionar, en muchas ocasiones dejamos que la vida discurra sin más por derroteros no elegidos sino asimilados por falta de decisiones firmes. Damos importancia a lo que no tiene tanta, y desdeñamos lo que probablemente nos haría felices. Sin duda para hacer según qué cosas hay que disponer de medios, de saneamiento económico y de libertad de movimientos. Hay obligaciones que nos hemos echado encima por contagio de las tradiciones y los hijos, deseados o no, limitan las libertades. Y no digamos los proyectos profesionales, queremos alcanzar cimas, logros de relevancia, y un poco nos olvidamos de vivir. Más tarde, cuando hay más camino recorrido que el que queda por recorrer, nos damos cuenta de lo que dejamos atrás, y eso no tiene remedio.

Pero hemos venido aquí para otra cosa, no para desgranar racimos de nostalgia, ¿no? Hemos venido a celebrar un nuevo amanecer. ¡Ah! Y un nuevo complejo turístico para este pueblo. No sé hasta qué punto les hará gracia eso, pero son los tiempos que corren y es inevitable. Pero bueno, y dime, ¿cómo ha sido lo de ese complejo?, hablemos de algo alegre.

— ¡Uy!, es algo fabuloso Emilio, y no sufras, para nada hace perder la esencia y el encanto de este lugar. Es como un pueblo aislado a poca distancia, pero mantiene el modelo de estructura rural, no es un complejo turístico al estilo de la costa, no, no.

Hemos diseñado unas viviendas cómodas, modernas y en plena naturaleza, ceca del río y con unas instalaciones de piscinas individuales, pistas de tenis y todo lo que puedas pensar. Y un paseo por el campo, en esas tardes otoñales puede ser una inyección de vida.

Por otra parte, sin querer o queriendo, puede ser para mí el proyecto más ambicioso desde hace mucho tiempo, me refiero a que son muchos miles de euros, ¿sabes? Pero con racionalidad, no entraría en hacer esperpentos en un sitio como este.

—Qué maravilla, lo cuentas y es que parece que lo estoy viendo, vamos que casi me parece haber estado ahí ya. Ja, ja, ja.

Qué cierto era aquello de "convertir palabras en imágenes". Muy oportuna la definición de aquel periodista, desde luego que sí.

—Emilio, amor, he de darte las gracias.

— ¿A mí?, ¿por qué vida?

— ¡Vaya!, pensé que no volverías a llamarme vida. Pues porque siempre confiaste en mí, en mi faceta de escritora y en mis valores en el mundo profesional. Supiste reconducir mi vida, y eso es de agradecer. —Pues por eso te llamo vida, fuiste y eres mi vida, todo lo que hice fue por ti, lo bueno y lo malo, incluso dejar que desarrollases tu libertad individual, con este alejamiento.

Mil veces pasé por la puerta de tu casa, y ¿crees que no me moría de ganas de picar al timbre? Pero la coherencia, las circunstancias y el respeto me frenaban. Después me arrepentía, y más de una lágrima derrame en mi rincón de soledad.

¡Madre del amor hermoso!

Aparece el amable Josep con unas parrillas de verdura de fragancia indescriptible, humeantes, y sin embargo con la sensación de un frescor fuera de lo común.

—Señores, aquí tienen, que lo disfruten.

—Muchas gracias Josep, y que usted lo vea.

Es una frase de esas automáticas, se dicen sin saber bien su verdadero significado. Pero es adecuada.

Al servirle una copa del exquisito vino, ella clavó su mirada en mí, tuve que desviar la mía, pues no en vano presumía de leer ojos, y estaba ante una verdadera definición del significado de lo que representa amar.

Ajusté el cuello de mi camisa, no estaba apretado, sin embargo sentí como me apretaba el cuello. Más tarde brindamos, lo hacíamos siempre, incluso en los momentos más difíciles. El primer sorbo del magnífico caldo catalán me transportó en el tiempo y una vez más sentí en mi corazón lo mucho que amaba a esa mujer.

—Alexia, he de decirte una cosa… y creo que es el momento.

Toda esa fuerza que ni siquiera sé de dónde sale en ocasiones se convierte en temor, y es porque aunque no lo parezca estoy a punto de dar el paso más importante de mi vida, y eso ocupa el cien por cien de mi capacidad cerebral. La seguridad me asusta tanto que el vértigo me paraliza y siento pánico. Surge la duda si llegaré a ser suficiente para ti, no es fácil asumir eso, es como una amenaza que siempre me persigue sin tregua. Por eso hablo de ese viaje sin retorno, y de las incertidumbres que siempre están presentes.

El amor que siento por ti me ciega, y eso me preocupa. Tú mereces algo más, y yo llego dónde llego. No sé si me entiendes, mañana cuando te vea a mi lado, mis inquietudes se disipan, pero desde lejos me encuentro como perdido, ausente de todo.

Es un gran proyecto de vida, y es lo que hay que hacer, sin duda. Necesito ese golpe de mano, esa fuerza que tú me transmites y no tengo cuando no estoy contigo.

Esa es mi gran debilidad. Muero sin ti.

—Emilio, estoy aquí, contigo porque así lo he elegido, esas incertidumbres de las que hablas también las he tenido yo muchas veces, pero si algo tenía claro era lo que siempre sentí por ti. Esto que te digo debe proceder de la fuerza que me da este enorme entrecot, no me hagas caso, es una broma. La realidad es que me siento feliz, cuántas veces soñé con este momento, y sabía que lo viviríamos, no había ninguna duda, me hiciste renacer y eso no se puede pasar por alto. Mi vida era un pozo de monotonía y una amalgama de despropósitos basados en un ideal que no era el mío. Me hiciste ver que había otra vida, y eso me llevó a amarte.

—Qué bellas palabras Alexia, vas a conseguir emocionarme, pues eres la única persona capaz de tocarme el corazón con tus argumentos. Ahora recuerdo algo que un día escribí, era algo así…

<Todo empezó cuando me enamoré de unos ojos, y esos ojos pertenecían a una estrella. Y qué lejos está una estrella para que un loco pueda alcanzar su brillo.

Después me enamoré de una persona, es algo imprevisto para mí, no creí nunca enamorarme de una persona, no existía una de la que pudiese hacerlo. Sin embargo la realidad y algo más me quitó la razón, sí la había, lo que no sabía es que tendría que luchar tanto por acariciar estrellas, que los miedos me iban a amenazar de por vida por esa osadía.

Lejos de todo eso, no me arrepiento de nada, lo volvería hacer mil veces, mi alma está plena y mi corazón late con fuerza para toda la eternidad.>

— ¡Vaya! Esto nunca me lo enviaste, ¿qué pasa que tenías miedo de hacerlo?, no será que esa luz de la que hablas, ese brillo era lo que salió de la que tú me transmitiste, y que tal vez es lo que necesitaba.

—No te lo envié no, son cosas que se guardan en el interior de uno mismo y que en determinados momentos no parecen adecuadas. No he sido del todo sincero contigo, en realidad sabía de ti, siempre estuve pendiente de tu trayectoria, incluso en una ocasión me hice pasar por un cliente para poder escuchar tu voz por el teléfono.

— ¿Qué me dices...? Ja, ja, ja. Te juro que un día me llamó un hombre, casi era incapaz de hablar, era un anciano, y se me pasó por la cabeza ¡Eh!, llegué a pensar que no fueses tú con una de tus transformaciones.

—Ese anciano era yo Alexia.

— ¡Madre mía! Pero cómo se te ocurrió, y sobre todo, ¿por qué no intentaste hablar conmigo? Tal vez… no sé… hubiese sido un acierto.

—Pues sí, tal vez sí. Pero…

—Alexia, Emilio, me he permitido la libertad de elegir el postre para ustedes, espero que les guste.

Este hombre parece que nos leyera el pensamiento, era algo paranormal, inexplicable, a veces es difícil determinar si estás despierto o estás viviendo un sueño.

El aroma a una crema catalana inundaba toda la estancia, ¿cómo adivinó este hombre que era nuestro postre favorito?

—Josep, nos está usted sorprendiendo de verdad, esto es increíble.

—Es mi función Emilio, atender a mis clientes, estudiarlos y que se sientan felices en mi casa.

—Sin duda con nosotros lo ha conseguido. Muchas gracias de nuevo, Josep.

—Bien, como colofón, les serviré en su terraza lo que les apetezca, y esta vez corre por cuenta de la casa, les invito con mucho gusto.

— ¡Caramba! Esto ya es de luna de miel, es cierto ¿no, Alexia?

—Ya lo creo, y ¿quién ha dicho que no lo sea? Podría ser.

Un agradable paseo por los accidentadas y libres de toda simetría piedras que formaban aquella plaza mayor, aquel entorno idílico, nos llevó al portal de lo que se intuía iba a ser esa noche de bodas, como tantas habíamos vivido anteriormente. Y es que todas las noches eran noches de bodas y todas las noches lunas de miel.

Al subir a la espaciosa y al mismo tiempo acogedora suite, los relojes se pararon, el tiempo dejó de existir para dar paso a un encuentro que basado en ese concepto de unión de las soledades, que se hacen necesarias para articular las libertades individuales, pasaron al más dulce compenetración de dos seres que se aman hasta el infinito.

Hace tiempo que no nos sorprende un encuentro entre las sábanas, hace tiempo que no nos falta nada ni tampoco nos sobra nada entre ellas...

Hace tiempo que no existen dudas en nuestros encuentros, pero lo importante es que cada uno es una nueva ilusión, un nuevo reto, y eso es lo que nos inspira, eso es el amor.

Hace tiempo que sé que estoy enamorado, hace tiempo que no dejaría de amarte después de amarte, y cuando acabase seguiría amándote.

Hace tiempo que hace tiempo que quiero pasar mi tiempo con tu tiempo, y tus aburrimientos con los míos pues no existirían.

Hace tiempo que no comía como hoy, hace tiempo que no estaba mejor acompañado en un entorno tan exquisito con la persona con la que deseo compartir mis ilusiones.

Hace tiempo que no me importa si los canalones o los platillos sean mejores o peores, porque estoy con la persona que amo y con eso ya estoy satisfecho.

Hace tiempo que dejé de soñar para vivir esta realidad contigo, de la que no pienso despertar en el caso de que sea realmente un sueño.

—Estoy recordando Alexia, aquellas micro vacaciones, de donde salió esto…

Mientras saboreamos un espléndido gin tónic, busco aquel escrito que salió de mi pluma.

<Quiso el destino y seguramente alguna otra circunstancia, que hoy visitáramos nuestro balcón del mar. Tal vez alguien que quiere no faltar la consumación de un sacramento, no en vano son testigos en el mismo, como lo es este mar vestido de gala y de tonos azules mediterráneos, aunque no tarda en adoptar matices verdosos, sin duda por el reflejo de unos ojos del color de la esperanza.

Esperanza que hoy es espera, sin embargo no tenemos nada que objetar, la verdadera necesidad que tenemos es la de estar juntos, y esa está cumplida.

Para nosotros el balcón del mar es un templo, lugar sagrado, cita obligada para confesiones y lamentos, pero también de alegría y regocijo.

La tenue brisa corrige un calor que sin duda sería extenuante y que nos dice que el verano está aquí ya. Un manchego semi curado y bañado en aceite, nos hará paliar las ansias de llevar a cabo la ceremonia, puede que quiera recordar el famoso sabor de unos besos, las uvas son sustituidas por una cervecita, que por razones obvias no podemos adornar con el adjetivo frescas.

Se acerca la hora, el lugar elegido es un exquisito piso patera, nido de amantes, sueño de intimidad y fuente de confort y relax. Y ese es el objetivo fundamental de hoy, queremos desconectar del mundo real, de los avatares, de los estreses, y refugiarnos en el valle de la serenidad.

Espléndido paraje, el frondoso lugar abrigado por los centenarios pinos propios de la zona y la luz y las sombras nos indica que estamos en casa, en nuestro sitio. Es nuestro hábitat, sin duda.

Es una vacación, un paréntesis para el asueto y el descanso en las tareas habituales.

La estancia es magnífica, los aposentos ideales para unos enamorados, el lecho tiene medidas de ring oficial, su forma cuadrada permite un combate de final de título, el incluso sería apto para mantener la llamada distancia social.

No tardamos en ejercer el baile del amor extremo, no es tanto el juego sexual, hay componentes superiores. Podemos perder la cabeza sumergidos en este soplo de felicidad.

No precisamos lubricar nuestros ríos, tenemos manantiales de amor en nuestra esencia, aunque nos gusta jugar al despiste.

Se acerca la hora, una boda tiene su protocolo, nosotros tenemos el nuestro, no seguimos absurdos protocolos.

Una espectacular novia luce su vestido, e hipnotiza a un autoproclamado chef, concentrado en sus labores culinarias. Con el debido respeto, culinarias, al separar puede pensarse otra cosa, pero no, hablamos de gastronomía.

Hacemos los honores a un sencillo, pero exquisito menú con un vino de estas tierras catalanas de las que somos hijos.

Y como antesala a un fin de fiesta, relajamos nuestros cuerpos en un más que digno sofá impropio de lugares como este.

Pero como siempre el implacable reloj que galopa y pone límites a una felicidad que quiere perpetuarse. La amenaza de la despedida está llamando a la puerta, y dentro de un rato, todo pasará a ser un recuerdo, sin duda imborrable. Quedará para siempre anclado en nuestros corazones.

Pero la vida ha de seguir su cauce, y los ríos tienen su curso, si bien en ocasiones desvían su trayectoria y forman remansos de agua clara para teñir de belleza el paisaje.

El cielo puede esperar, nosotros ya hemos encontrado nuestro paraíso, y en él quedamos instalados a la espera de noticias.>

—Sí, sí, recuerdo eso, pero no sé yo si fue entonces o bien cuando estuvimos en nuestro querido hogar, yo más bien diría que fue este último el que te inspiró eso. Siempre dijiste que allí te parecía estar siempre de vacaciones.

—Tal vez tengas razón, sí, y sigo diciéndolo, aquellos geranios, aquellas margaritas que cuidábamos como si se tratase de cuidar nuestro amor. Aquella pasión por cada detalle y aquel entorno eren el paraíso.

Y para paraíso el que estaba a punto de revivir… cuando de repente nos aproximamos a la amplísima cama que nos recordaba la nuestra. Nos fundimos en el milagro de un apasionado beso, que esperaba en la retaguardia para aparecer como aparece una primavera después de un frío invierno.

— ¿Cómo hemos esperado tanto Emilio? No entiendo todavía cómo podíamos vivir lejos uno de otro, éramos inseparables, nunca estuve unida a nadie tanto como contigo, y sin embargo nos dejamos llevar por los demás, por la posible incomprensión, la tolerancia que no vimos en ojos de otros.

Pero eso se acabó Emilio, esto es definitivo, no nos separaremos nunca más. Aún recuerdo aquello que un día me escribiste sobre la torería, al principio no llegué a entenderlo, ni siquiera a qué venía eso de la torería, no es hoy día un tema recurrente, sin embargo al leerlo bien lo entendí a la perfección.

Decías…

<La vida es aquello que permite la torería, no en el sentido de lo taurino esencialmente sino más bien la actitud frente a ella.

La vida es para esperarla, como se espera a un toro en el ruedo, y poder capearla con torería señorial.

Cosa distinta es la chulería que es desagradable y soez, y sin embargo hay más chulos que toreros.

La vida es el encuentro, la unión consigo mismo para conseguir ser digno de amar a otros y no dañar a nadie.

La vida es el poder llevar la cara alta, como en un envite que amilana al adversario y a riesgo de dejarla en el ruedo en el intento.

Todo da un vuelco cuando la vida te presenta al amor, las defensas retroceden y los sentimientos y las pasiones ocupan el lugar de la torería.>

Esas palabras decían más de lo que parece, "dejar la vida en el ruedo", es un concepto de valentía y de amor pleno.

—No lo haremos no Alexia, bastante ha sido, ahora es necesario cumplir con el título de esta narración que no es más que una historia real, es nuestro nuevo amanecer.

CAPÍTULO 6

No hay prisa, el amor está instalado en nuestros corazones y nada nos impide ahora vivir esa historia que atendió a un paréntesis absurdo.

Nos tumbamos en el lecho del amor que nos hace abrazarnos con pasión, enseguida vienen a nuestra mente aquellos apasionados momentos que jamás se borraron de nuestras memorias.

Hice una traspolación, una resucitación diría…

<La pasión es una emoción fuerte y continua que domina la razón y orienta toda la conducta. Las pasiones son los afectos, emociones o impulsos de la sensibilidad, componentes naturales de la psicología humana, que inclinan a obrar o a no obrar, en vista de lo que se percibe como bueno o como malo.

La pasión por una persona es un sentimiento muy intenso, desbordante por otra persona, por uno mismo, por alguna actividad, deporte o idea. El que siente la pasión sufre un desborde emocional tan grande que le impide razonar, simplemente se deja llevar por esa emoción.

Tal vez perder la pasión es el primer paso para dejar de ser poeta.

Perder la pasión puede significar perder la ilusión, y la ilusión se basa en la esperanza, fundada o infundada, las utopías están hechas de ilusiones infundadas.

La ilusión es un canto a la libertad, un camino hacia la ensoñación, un estímulo vital. Si se pierde la ilusión se pierde la vida.

Soñar es volar por el mundo de las ilusiones y dejar de soñar es morir, aunque se esté vivo.

Déjame soñar, déjame vivir, déjame tener ilusión, tal vez así siga siendo poeta.>

—No sé si recuerdas esto, tú me respondiste, era un momento clave en nuestra relación, las sombras querían apoderarse de nosotros y tuvimos que luchar por lo que creíamos era nuestros verdaderos sentimientos.>

Tú dijiste…

< ¿Sabes qué? Aunque he invertido mucho tiempo de mí en esos pequeños puntitos, no he dejado de pensar en ti. Es magnífico, vives dentro de mí, y aun estando dormida sigo sintiéndote.

La verdad es que no sé ni por dónde empezar...hay tantas cosas que quiero decirte que me parece imposible escribir en un solo mail todo lo que mí cabeza retiene desde hace días, con la esperanza de poder compartir mis emociones que me has hecho sentir éstos últimos días.

Bien empezaré por lo que ya sabes, te amo. Así, simple y transparente. De hecho podría terminar aquí mi escrito.

"Te amo", estas palabras representan todo lo que ahora intentaré relatar cómo te mereces, con dedicación.

Y ahora sí, déjame recrearme en mis emociones, en mis ilusiones...

Cariño, algo increíble ha pasado en mí. Hablabas del destino, por supuesto eres libre de pensar lo que quieras, pero sigo pensando que el destino existe. Por mal o por bien, esta situación "inexistente" ha hecho en mí, amarte con locura.

Sí digo bien, con locura, no exagero al utilizar esta palabra, es más, voy a ampliar... Locura de amor... eso es lo que siento por ti. No me preguntes por qué, no me preguntes que hace crecer en mi ese sentimiento, no me preguntes si antes lo sentía o no... Lo único que sé, es que no puedo vivir sin ti.>

—Yo te amaba con locura, es cierto, lo que no sabía entonces es que tú también lo hacías, fue el primer bache, tomaste la decisión a pesar de amarme de poner freno a esa locura.

Escribiste así...

< Fui yo la que propuso un distanciamiento, fui yo la que propuso un "descanso" de comunicación, tres días aventuré, y ya ves... no fui capaz de mantenerlo ni doce horas... a las nueve de la mañana te pedí una cita. Confieso, que estaba preparada para la negación, y no porque no pudieras por trabajo, sino porque no lo consideraras oportuno. Hubiese sido una decepción para mí, pero no me hubiera quedado más remedio que aceptarlo. Por suerte, tu respuesta fue un... ¡Sí!

No voy a relatar la parte erótica de nuestro encuentro, pero sí afirmar que fue el día que más pude sentirte. Es curioso, sabes que siento muchísimo placer, muchísimo, te aseguro se queda corta esta expresión... pero cuando más pude sentirte fue ayer, era una sensación única, no ya como placer sexual, no, era sentir el amor por ti...

Y ahora, la parte más divertida...

Amor, no puedes llegar a imaginar la de veces que me imagino estando contigo en casa, nuestra casa. ¡Pero Vamos!... es que yo creo que no eres consciente de ello... Estoy cocinando, me imagino cocinando contigo... estoy escribiendo, me imagino escribiendo a tu lado... descanso al mediodía, me imagino descansando juntos... he salido un rato a la terraza, pues me imagino compartir contigo un ratito en nuestra terraza... he encendido un momento el televisor, que ya es raro... Pues vuelvo a imaginar estar tumbada contigo en un mismo sofá viendo el televisor... Y así me paso todo el día... ¿Tú crees que te amo? Yo pienso que sí ¿Y tú?...

Sí, lo sé, lo sé... cada uno en su casa... por supuesto yo tendré mi casa, con mis hijos... pero no te libras de mí... porque pienso pasar muchos minutos, horas, días... en nuestra casa.

Ahora escribiéndote creo que he encontrado la respuesta de por qué te amo tanto, sí, claro que lo sé... te amo tanto porque tú me amas muchísimo. Es eso cariño, sentir que mi persona te transmite amor, deseo, locura... hace en mí el mismo efecto.>

—Te das cuenta, todo eso lo conseguimos, entonces era solo un sueño, una ilusión, tuvimos casa, tuvimos ese sofá donde descansamos juntos, y sobre todo tuvimos amor. Siempre me decías que esta historia de amor no podía acabar nunca, que era absurdo el intentar un alejamiento, no era posible. Y yo pensaba lo mismo, nuestros escarceos y algún que otro roce duraba apenas el tiempo de un nuevo mensaje, décimas de segundo a veces.

Y las respuestas eran sentenciadoras, no había ningún resquicio de duda sobre lo mucho que nos amábamos.

Y te respondí…

< Mira qué casualidad, yo también te estaba escribiendo y por supuesto del destino. Yo también creo en él. Pero sobre todo creo en ti.

No creo en lo que no existe, lo verás aquí mismo en mi propio escrito al que he añadido este preámbulo. Yo también sentí esas sensaciones que relatas amor mío.

Quisiera que ese viento que se avecina nos empujase hacia nuestro destino, ese que entendemos como ideal, y que forjamos día a día con este amor que no descansa.

Sin maniqueísmos, el bien y el mal están en equilibrio cuando existe amor. Y lo que no existe, no existió nunca.

Cuando supe lo que me amabas, rompí con todas mis cadenas, y con todos los absurdos prejuicios. La imagen de destino juntos aunque sea intermitente me seduce, me abduce como tú dices, y todo mi esfuerzo y mi mente están dedicados a ello.

No cabe duda que la resolución de esta dicotomía se producirá por ese destino que estamos labrando con nuestras manos, nuestras plumas y nuestros corazones.

Te amo. Y muchas gracias por tu hermosísimo escrito, me ha encantado y me ha llenado el alma de paz y de serenidad.>

— ¡Qué momentos!, ¡qué sentimientos! Todavía recuerdo lo que a la mañana siguiente te escribí para darte los buenos días.

Decía así...

<Las mañanas se visten de terciopelo azul, y las noches negras como el tafetán, esperan de nuevo su turno. Todos los relojes del

mundo hacen sonar sus alarmas cuando se despierta el alba. Y la luz no ilumina para que veamos el camino. Atrás queda lo que tiene que quedar, y el destino está allí adelante, solo nos queda la esperanza de alcanzar nuestros sueños, nuestras ilusiones.

Nunca llueve a gusto de todos, pero si llueve, toca mojarse. Y yo me mojo por ti, sí me mojo y me empapo de ti, me calo hasta los huesos por ti.

Llueva, nieve o haga sol, los días son buenos días si tu estas en ellos.

Buenos días amor.>

— ¿Y qué me dices cuando nos casamos…? Eso fue una verdadera locura. Hiciste todos los preparativos, no dejaste nada al azar…

Y yo te escribí…

<La pasión que dices sentir a mi lado me fascina y me enamora. Esa exuberancia de la que hablas es tu esencia, tu estilo, y esa elegancia que siempre digo que luces. Precisamente eres tú la que vistes a ese vestido, sin ti es solo un trozo de tela, y en ti cobra vida, como yo.

La desnudez que se adivina, es un placer inaudito, levanta mi pasión, mueve todos los circuitos de sensibilidad de mi ser. Porque tu desnudez es bella de verdad.

Yo quiero que siempre seas Princesa, y una princesa se merece una boda con príncipe, y es para mí un honor ser ese príncipe que te hace Princesa.

Tú has encontrado a tu príncipe y yo he encontrado a la mujer de mi vida, mi Princesa.

Sin papeles, nuestra boda no es un acto burocrático, es un acto firmado en nuestros corazones. Eso sí, el vestido es necesario, simboliza la entrega, el sendero hacia esa divina desnudez. Y los testigos son todos aquellos que siempre tenemos en nuestras almas, los que nunca nos abandonan. Será una boda en cámara rápida, pero con moviola, la repetiremos cuantas veces queramos. Amortizaremos ese vestido. Y como te he dicho, claro que estarás más guapa, cada día lo eres más.

¡Perfecto! justo lo que deseabas, serás una novia radiante, exquisita, y me encanta esa sensación y la emoción que sientes, yo siento lo mismo.

Claro que soy tu príncipe, y tu jardinero, y todo lo demás. Soy aquel caminante que se enamoró de una flor, recuerdas el cuento. Ahora estás en mi solapa y caminamos juntos.

En esa futura casa tendremos un jardín que será la envidia del vecindario. Pero ninguna flor igualará tu belleza, eso es imposible.

Llámame esposo sí. Te desposaré, que significa unirme a ti con un vínculo inquebrantable.

Y como buen vulcanólogo, cuidaré de ese fuego volcánico que estuvo aletargado y que quiere brotar para dibujar y moldear la faz de la tierra.

Yo también quiero más y más y más... y visitaremos Cádiz, porque el tiempo se ralentizará cuando estemos juntos. La locura sexual es hoy locura de amor, y eso no tiene fronteras.>

—Mira Alexia, el tiempo pasa y en cambio hay cosas que no varían, cuando nos planteábamos una relación basada sencillamente en un gran amor, tuvimos una duda, esa duda era la durabilidad. Esa diferencia de edad a qué nos enfrentábamos. Y supimos hacerlo y todo aquello que prometí se cumplió.

<Pues que quieres que te diga, me dejas perplejo y sin palabras al leer las tuyas. Pero alguna me sale claro.

Lo primero es que me alegro mucho que hayas dormido de un tirón, pues si no me falla el cálculo son unas siete horas, lo que se puede considerar algo muy normal ya.

Y con respecto al trabajo, te diré que me considero un hombre de ley, es decir, que asumo mis responsabilidades en todo. Por supuesto que en esto mucho más, primero porque me apasiona, y segundo y más importante, porque lo hago para ti. Cuando digo de ley también me refiero al compromiso adquirido a través de ese enlace que hemos fraguado. No necesito altares, la palabra de honor va a misa.

Y qué decir de tu trabajo, es una maravilla de dulzura y de sentimientos que me tiene abducido como te gusta decir a ti.

El entusiasmo y la ilusión son el camino hacia la perfección, una perfección imperfecta pero que refleja el amor que siento. Un combate de esgrima con las letras, un juego de trabalenguas es para mí la vida, y tú eres mi vida.

Probablemente hoy vuelva a tener la cara del lunes, será una mañana difícil y bueno, dicen que no hay mal que por bien no venga, eso significa que seré dos días más joven no...

Pensé no tener palabras, pero ya ves que sí, debe ser lo único que tengo, palabras. Por eso termino diciéndote que te doy mi palabra... te amo más que a mi vida. Y esto saldrá en Un nuevo amanecer.

Buenos días Princesa.>

—Cuando hablaba de cumplimiento, me refería a que dije que estos textos aparecerían en aquel proyecto de libro, y hoy, pasados los años, aquí están.

Cuando existe un conjunto de cosas relacionadas entre sí que forman un todo, se conoce como entramado. La trama es la disposición interna en que se relacionan o se corresponden las partes de un asunto. Forjar, en este sentido, consiste en moldear un elemento en frío o en caliente mediante fuerzas de compresión e impactos. Puede decirse que forjar es uno de los trabajos artesanales que lleva a cabo el herrero o forjador.

Y tú dirás, ¿a qué viene todo esto? Pues resulta que, nosotros formamos un entramado, porque las partes más internas forman nuestra relación, una trama, me refiero a los sentimientos y las pasiones.

Y tal que un herrero a base del golpe a golpe (Machado), forjamos artesanalmente nuestras novelas.

"Golpe a golpe y verso a verso".

Pues al tiempo van surgiendo esos versos que intercalo día a día en ese amoroso entramado.

—Cuando tenía ese temor Emilio, era por no querer ni pensar en perderte un día, y fíjate, no fue eso lo que nos separó. Hoy no tengo esa incertidumbre, entiendo el concepto del amor como tú me lo explicaste en diferentes ocasiones. No hay edad para el amor, es cierto.

—Así es Alexia, pero siempre hay esa sensación, no creas que no lo ha pensado mil veces, tal vez es porque envejecemos mal.

¿Envejecemos mal? En cierta ocasión escribí sobre eso.

<No es eso. Nosotros pensamos que el envejecimiento tiene mucho de arte. Porque es un reto y ha sido una conquista social de las últimas décadas. A principios del siglo XX la esperanza de vida era de 35 años y ahora es de las más altas, por encima de 80. Es un

logro. Y también es un arte porque llegar a ser mayor supone luchas cotidianas tanto desde el punto de vista físico, de la salud, como personal. Conseguir envejecer bien es un arte.

Una visión optimista en un mundo en el que la gente no quiere envejecer...

El envejecimiento es ineludible. Otra cosa es cómo envejecemos, es algo que tenemos que asumir. Los pensadores debemos dar una imagen positiva porque el envejecimiento no sólo es enfermedad, aunque la hay. Tiene muchos aspectos positivos. Y es necesario que nos vayamos adaptando a las nuevas generaciones de mayores que vienen y que no son iguales a las actuales. Son generaciones más formadas, más exigentes y nos tenemos que adaptar a los retos que nos planteen. Podemos dar una visión negativa en cuanto al contraste con la belleza de la juventud pero no es una etapa peor. Hay experiencias positivas que la sociedad debe tener en cuenta.

La sociedad ha cambiado y las familias ya no viven juntas ¿Los jóvenes desconocen el mundo del mayor?

Es muy complejo. Hay mayores que tienen como primera función cuidar de los nietos y ejercen de "padres". El equilibrio de la sociedad actual es más complejo. Antes los papeles estaban mejor definidos. Por eso, las generaciones de mayores ocupan papeles muy diversos. No podemos seguir trabajando con el concepto del abuelo de antes.>

—Cómo echaba de menos estas charlas Alexia, no nos cansábamos de hablar de todo y todo era importante para nosotros, no sabíamos cómo alimentar nuestro amor para que se convirtiese en grandioso, y sin saberlo ya lo era.

—Tus palabras y tus escritos me han llenado a mí siempre Emilio, pero de una manera impensable, los planteamientos están cargados de racionalidad y al mismo tiempo abren el camino de las fantasías y de las ilusiones.

—Alexia, tal vez esto sí que no lo recuerdas, a veces decías… ¿pero esto lo he escrito yo? Y sí, sí, y tanto que lo habías escrito, se te contagiaba el espíritu de aquel poeta que fui.

< ¿Sabes qué me gustaría? Cuando te lo diga, pensarás ¿Y por qué…? Pues mira, supongo que por fantasear un poco con mi pasado. Sí, voy a imaginarme viajar al pasado, pero no cualquier pasado, no, a un pasado imaginario donde tú y yo fuéramos los protagonistas.

Voy a recrearme, en lo que pudo haber sido y no fue...

Supongamos que por motivos "X" nos conocemos, bueno ya puestos, diremos que por casualidad alguien nos presenta.

¿Se hubiesen clavado tus ojos a los míos? Posiblemente sí, y más cuando siempre te han atraído. Bien, sí, se clavan a los míos... Acto seguido, tu ingenio hace precipitar una conversación, pretendiendo saber algo más de mí. Por supuesto, mi educación brinda la oportunidad para conocerme.

Es posible que percatara en ti tus intenciones, y tal vez sintiéndome atraída por tus palabras te invito con mi mirada a conocerme más (por supuesto, yo estoy soltera... nada de infidelidades...). Enseguida logras saber a qué me dedico y dónde puedes encontrarme. A los pocos días apareces una mañana por mi trabajo... Solo con verte comprendo que buscas algo más que un simple desayuno y acepto. Enseguida consigues mi número de teléfono y una cena para esa misma noche. Todavía no sé muy bien qué es lo que me atrae de ti, pero acepto la invitación. A las nueve en punto te recojo, me dices...

Está bien, conociéndome, me paso el Santo día pensando en la cena y en el vestido que escogeré para la ocasión.

Posiblemente un corto vestido negro y unos tacones, nada de escote, nunca me ha gustado en mi primera cita mostrar mis pechos, luego con la confianza ya es diferente.

Sí, vestido negro, unos bonitos pendientes y pelo suelto. Procuraría no maquillarme demasiado, un suave pintalabios y eso sí... mucha máscara de pestañas para resaltar mis ojos. Aunque no te lo vas a creer, todavía después de muchos años, no logro encontrar un Rymmel (antes se llamaba así a todas las máscaras, ahora no...) Pues eso, no he encontrado ninguna que sea perfecta, será por eso que hay tantísimas marcas e infinidad de cepillitos diferentes... que si para pestañas largas, que si longitud, que si volumen, que si Waterprof, que si extra-largas, sin grumos, infinitas... en fin, una barbaridad de diferentes modelos, y ninguna, ninguna me gusta cómo me las dejas ¿Seré yo...? ¿O es que no consiguen acertar con la máscara ideal? Sí, también podría ponerme postizas, la verdad es que nunca lo he probado, tal vez algún día lo haga...

Ok... Conforme pasan las horas ya voy poniéndome nerviosa, se acerca la hora y todavía estoy por vestirme. Haré lo que siempre hacía, tomarme una copa de vino blanco, incluso un poquito más, mientras me maquillo.

Faltan cinco minutos para las nueve, un último repaso antes de salir por la puerta, sé que llamaras puntual, recuerdo que al quedar contigo, repetiste dos veces "a las nueve en punto"... Ese "en punto" delata ser una persona puntual.

¿Te has fijado alguna vez en este detalle?, y no me equivoco, justo cuando falta un minuto, mi interfono está llamando a gritos que conteste.

Jamás te hubiese invitado a subir a mi casa, no, no... Hubiera contestado un "ahora bajo".

Está bien ya tengo mi fantasía en mi cabeza... un último repaso en el espejo del ascensor, que como siempre, el vecino que suba tras de mí, sabrá que he sido yo la última en utilizarlo por la estela de mi perfume favorito, que por cierto, después de muchos años utilizando el mismo perfume, resulta que ahora ha dejado de tener penetración su fragancia, con lo que al cabo de un ratito, casi, casi ya no se huele, y eso que el precio sigue siendo elevado...>

— ¿Cómo se va a olvidar un relato así?, cargado de sutileza y de veracidad cotidiana. Por supuesto tuvo respuesta, era esa etapa de reflexiones que hacía a menudo…

<Ponte a reflexionar y hazte la siguiente pregunta: ¿Crees que hay algo en tu vida gracias a lo cual eres feliz y sin lo que no podrías funcionar? También puedes formularla de otra manera: ¿Existe algo que creo que necesito y debo conseguir, sino mi vida no tiene sentido?

Si has respondido afirmativamente, probablemente estés siendo esclavo del apego.

Cuando sufrimos de apego, creemos irrealistamente que el vínculo que hemos creado con esa persona o cosa en particular, nos va a dar tres cosas que el ser humano siempre ha buscado y ha pretendido conseguir: una de ellas es la felicidad, esa sensación de bienestar y placer tan anhelada pero que no sabemos bien de dónde sale.

Cuando estamos obsesionados con algo o alguien, pensamos erróneamente que la felicidad la sentimos gracias a ello, a ese algo que está en el exterior de nosotros en vez de pensar que nace de nosotros mismos, de si apreciamos o no las cosas que tenemos, de si nos quejamos en menor o mayor medida de lo que nos falta y de cómo gestionamos lo que nos decimos a nosotros mismos.

Por otro lado, cuando estamos apegados, pensamos que tenemos la total seguridad. Es como si ese objeto de apego nos protegiese de catástrofes mentales como la soledad, la seguridad económica o una vida cómoda.

No será que realmente los que verdaderamente estamos aferrados a la vida somos los que más hablamos de la muerte, los poetas.

Sí, aferrarse a la vida es mantener las ilusiones y luchar por lo que llena de sentido nuestra vida.

El sentido de la vida constituye una cuestión filosófica sobre el objetivo y el significado de la vida, o de la existencia más en general. Este concepto se puede expresar a través de una variedad de preguntas, tales como ¿Por qué estamos aquí? o ¿Qué es la vida? Ha sido objeto de un gran estudio filosófico, científico, psicológico, teológico, e incluso literario a lo largo de la historia.

Son muchas las personas que se levantan cansadas, de mal humor y sin energía por la mañana. ¿Y tú? ¿Alguna vez te has preguntado por qué vives? ¿Cuál es el sentido de todo esto?

La depresión, la apatía y las dudas sobre uno mismo son una avalancha parasitaria que afecta a muchísimas personas. Incluso seguramente tú misma has sentido apatía en algún momento de tu vida, o en alguien cercano.

¿Por qué nos pasa esto? Porque nos desanimamos en distintos momentos de la vida.

Para ello debemos entender la diferencia entre dolor y sufrimiento.

Como se dice, el dolor es inevitable, pero el sufrimiento es opcional.

Eso es el dolor físico, pero el dolor en nuestro campo es un sentimiento intenso de pena, tristeza o lástima que se experimenta por motivos emocionales o anímicos.

El sufrimiento es un padecimiento, a un enfermo se le llama "paciente" no "doliente", en cambio la definición de enfermo es doliente no paciente, tal vez se refiere a que un enfermo se ha de armar de paciencia, eso es.

Yo estoy enfermo de amor, que sentimiento corresponde: ¿doliente o paciente?

Veamos...

Me duele el corazón por no estar con mi amada, por tanto doliente. Pero me armo de paciencia, por tanto paciente.

Soy un doliente paciente. No me queda otra. Lo del sufrimiento, dejémoslo estar. Es opcional.>

CAPÍTULO 7

El embrujo de la noche se apropió de nosotros y era el escenario para ese nuevo amanecer que siempre está ahí, en nuestras mentes y sobre todo en nuestros corazones.

Acariciar tu piel fue el fluir de la esencia de mis pasiones más intensas y premonitorias del clímax que estaba por buscar su sitio en la nueva luna de miel, y los sentimientos estaban a juego con las expectativas.

El primer beso abrió las puertas de un cielo que parecía tan lejano en el tiempo que difícilmente soñábamos que estuviese de nuevo en nuestras manos.

Recorrí todo tu contorno, como aquel explorador que vuelve a inspeccionar un territorio que está grabado a fuego en su memoria, la sensación era parecida al regreso al hogar. Los primeros jadeos procedían sin duda a la imagen del recuerdo, y mis manos no acertaban a llegar a todos los rincones para anunciar a los cuatro vientos la felicidad que reflejaba mi rostro. Fue entonces cuando reviviendo viejos itinerarios me dirigí a tu entrepierna para llegar a sentir ese primer sueño que una vez se materializó, allí sentí la brisa ardiente de las pasiones más profundas que jamás pude olvidar. Las técnicas ahora se convirtieron en sintonía, en aquello que nos unió para siempre para dar fe de un amor que no tenía fronteras ni límites.

El matiz erótico de una narración no tiene sentido cuando se trata de definir sentimientos, especialmente cuando esos sentimientos se corresponden con lo que conocemos por amor.

Sin embargo, el puritanismo tampoco es un fiel reflejo de la auténtica realidad, y diré que mis labios encendidos recorrieron tu flor hasta alcanzar ese clímax aludido, los espasmos y los jadeos iban desplegándose como lo hacían nuestras ansias de amarnos hasta el infinito.

Los relojes pararon sus manecillas, en otro tiempo fueron implacables y nos marcaban los límites, pero ahora teníamos todo el tiempo del mundo, nada ni nadie nos esperaba, nada ni a nadie esperábamos, solo éramos tú y yo, además de un cúmulo de recuerdos y de anhelos que nunca dejaron de protagonizar nuestras vidas.

Hicimos el amor, con letras mayúsculas, no quedó nada en el tintero, ni siquiera esa voz que envolvía la estancia y que a modo de sinfonía no dejaba de susurrar… Te amo…

El final de algo que no tiene fin no es definible, y solo diré que abrazados y en posición semi fetal, recibimos ese sueño que se adueña de la noche para rendir los cuerpos al descanso.

La inconfundible fragancia del aroma de un café recién hecho contrastaba con el perfume de su piel, el más puro de los antídotos para despertar mis pasiones. Y no había sido consciente que la suite estaba provista de una de esas cafeteras modernas que de forma rápida y efectiva lograban evitar bajar al restaurante para templar los circuitos.

Pero quien es el guapo que se pierde un desayuno en el Hotel Sant Josep, sería un pecado mortal.

—Buenos días amor mío…

—Buenos días cariño. ¿Has hecho café?

—Sí, claro, ahora te lo pongo.

—Un despertar a tu lado es como despertar en el cielo. ¿Recuerdas aquellos macarrones? Lo titulé "Oda a unos macarrones".

Decía así...

<No es el tubo de trigo, ni el delicado tratamiento para que se convierta en un apetitoso manjar. Es el sentimiento que se pone al prepararlo, y ese sentimiento solo tiene un nombre, y yo soy capaz de sentenciar que su nombre es el AMOR, esta vez es en mayúsculas porque mayúsculo es el sentimiento.

La textura de esos macarrones es la misma textura de tu alma, porque pones tu alma en ellos, y yo eso lo noto, e incluso lo veo.

¿Cómo quieres que no me los coma todos?

Eso sí, en su justa medida, nunca he sido glotón, no, prefiero poco y bueno que mucho y malo. Y tú eres mucho y bueno, de ti si repetiría mil y una vez, mil y una noche, mil y un despertar, pues un despertar contigo es como una nueva vida.

Como sabes, lo leones igual que los gatos tenemos siete, yo seis ya las he vivido, y la séptima la quiero vivir contigo, a tu lado.>

—Claro que lo recuerdo, y sí, te los comiste todos, en su justa medida, es curioso pero n o querías más de lo necesario, me hacías quitarte lo que sabía que era excesivo.

—Pues ahora te podría hacer una Oda al café. Ja, ja, ja. Pero no, la oda sería… Oda a Alexia, porque no son los macarrones ni el café, eres tú quien proporcionas los sabores y las fragancias a todo.

—Pero Emilio, ¿bajamos a desayunar no?

— ¡Hombre claro! Si no el Josep nos pondrá falta de asistencia. Sí, sí, bajamos.

Permíteme que te diga que estás muy guapa, y no es un cumplido, eres la mujer más hermosa que he conocido.

— ¡Va! Adulador, que eres un adulador. Y eso sí, péinate un poco porque parece que has hecho un combate de lucha libre con la almohada. Ja, Ja, ja.

—Es mi imagen natural, mi atractivo personal. Ja, ja, ja.

— ¡Va!, atractivo… vamos para abajo.

—Vale, pero no sin antes decirte una cosa.

— ¿Qué?

—Que te amo. Ja, ja, ja.

— ¿Qué piensas que no lo sé?

—Por si acaso. Ja, ja, ja.

—Te has levantado muy risueño, muy gracioso.

—Me he levantado junto a ti, ¿te parece poco?

—Cuidado con las escaleras cariño, que las señoras mayores… ya se sabe.

— ¡Oye guapo! ¿Qué es eso de señoras mayores…?

—Es una broma mujer.

— ¡Carai con las bromitas!

—Buenos días Alexia, Emilio, ¿qué tal todo? ¿Cómo han pasado la noche?

—Buenos días Josep. No hay calificativo, digamos sublime y me quedo corto.

—Me alegro, ahora mismo les sirvo el desayuno.

En estos lugares no suelen decirte lo que quieres para desayunar, no hace falta, porque no se están con chiquitas, te ponen de todo, como si fueses a segar en un rato. Son desayunos que para alguno podría ser el menú completo del día.

—Este olor a pastas recién hechas Alexia, me recuerdan a aquellas pastelerías de antes, te dan ganas de entrarle a todo, ¿eh?

—Sí, desde luego, no me extraña que aquí vivan cien años, como esa señora que me contaste.

— ¡Ah, sí!, la señora Palmira, no sé cómo recordé su nombre al llegar aquí, lo había olvidado por completo.

—Bueno Emilio, te digo la orden del día, porque no olvides que estamos trabajando, bueno al menos yo, tú no claro.

—Bueno, ojo, soy el chofer, no digas que no.

— ¡Ah!, eso sí. Pues bien, nos acercamos al terreno, hablo con el arquitecto, cerramos unos temas, y después damos un paseo hasta la hora de comer, y por la tarde, carretera y manta y hacia la costa, que es nuestro sitio, ¿de acuerdo?

—A sus órdenes, sí, sí. De acuerdo.

Alexia, sé que soy un pesado, un pelmazo, pero ¿Tú recuerdas cuando nos escribíamos estas cosas?

Mira… yo te escribí…

<Precisamente lo que quiero que sepas es que por nada del mundo dejaría perder la magia de este amor. Es normal que pienses como una mujer, pero yo no pienso como un hombre, no me satisface conseguirte sexualmente, me vuelve loco que sintamos un amor verdadero. Por eso, no vamos a forzar ninguna situación, lo que tenga que ser será y no se romperá esa magia. El problema no es dónde, ni cuando, no te preocupes por eso. Tú conduces esta relación, y yo me moveré siempre con delicadeza y con tacto, impropio de un hombre, pero ya te digo, no soy un hombre normal.

Has tomado una decisión, que por un lado es arriesgada y por otra crees que puedes dominar. Pues te diré que contra el verdadero amor no se puede luchar, vence él.

Ahora, vamos a pensar.............pensar… A ver si estás viviendo una falsa realidad, porque eso te hace feliz o realmente has encontrado el amor. Si es lo primero, pasará, y volverás a tu vida y a tu rol familiar. Pero si realmente estás enamorada harás lo imposible para buscar tu felicidad.

La nuestra es una relación muy bonita, pero es un noviazgo, no vivimos juntos, es como cuando vivías con tus padres y tenías novios a ratos. Luego volvías a tu casa. No te preocupes, estás con un hombre, viejo pero hombre de verdad, jamás permitiría que abandonases a tu familia, y menos por mí. La doble vida es muy dura, pero hay que tener los pies en el suelo. Tú me tienes a mí, sin condiciones ni compromiso, y me tendrás hasta que me muera. Y yo sé que te tengo a ti, pero estoy preparado para todo lo que venga.

Eres tú la que debes decidir si seguir viviendo o seguir viva. Yo te esperaré siempre, porque estoy seguro de lo que si siento.>

—Me contestaste con una carta de amor, pero me decías que no sabías escribir cartas de amor, yo me quedé como una estatua de mármol, petrificado por la cantidad de sentimientos que acumulaba aquella carta.

Y te respondí…

<No es cierto, sabes perfectamente escribir una carta de amor. Lo que has escrito es una verdadera carta de amor. Nadie me ha

escrito nada parecido a esto. Mostrar los sentimientos a alguien es abrir tu corazón, solo se debe hacer con aquellas personas en las que confíes plenamente. No existe el poder de enamorar, solo existe el amor en sí.

Un trovador puede escribir para otros y que sirvan de plantilla para standatizar las palabras. Pero no se puede hacer eso cuando lo que se siente es amor.

El que más sufre soy yo de no poder abrazarte y besarte, no te lo puedes ni imaginar.

Los poemas son la expresión del estado de ánimo de un poeta, pero quien no es poeta también tiene formas de expresarlos, y debe hacerlo si ama a una persona. Sería absurdo que todos tuviésemos que ser poetas para enamorar. No, no puede ser.

Tú no eres poeta y me has enamorado a mí. Todos los poemas que escribo están dedicados a tú. Tú deseas recibirlos y yo no puedo vivir sin enviártelos.

Cuando hago poesía crítica es otra cosa. No va dirigida a ti. Pero los de amor sin duda son para ti, te lo pongo muchas veces.

Dices que no solo tienes ojos. Es evidente, tienes un cuerpo hecho a medida para mí, pero sobre todo tienes una personalidad para enamorar a cualquier persona con dos dedos de frente. El que esta enormemente feliz soy yo escribiendo una obra dedicada a ti.

Y sí, te adoro, que significa que siento veneración por ti. Es mucho más que admiración. Es simplemente amor puro y duro.>

—Y qué sorpresa me llevé al recibir tu siguiente escrito.

< Hoy seré yo quien té escriba...

Ayer dije que no sabía escribir cartas de amor, y no sé... eso es cierto.

No soy como tú, pero sí expresar mis sentimientos...

Una vez te pedí que no me escribieras por las noches. Reconozco que hoy he sentido un vacío. Me acostumbraste a ti, a sentir tus palabras, tus sentimientos, tus letras, esas amantes letras tuyas que me tienen robado el corazón.

Tal vez fue un malentendido, ayer no té pedí la ausencia de ellas, y hoy las esperaba como cada mañana. Tienes la capacidad de enamorarme con tan solo un escrito. ¿Crees que mucha gente podría conseguirlo?

Rotundamente no.

He bromeado hoy con los dos besos, pero es que realmente los esperaba, sí, lo sé, también yo podía haberme acercado, pero deseaba que fueras tú quien diera ese paso.... qué tontería pensarás... sí, es posible, pero cuando nuestro contacto físico se reduce a poco más de dos besos, éstos son el mayor gesto de cariño y amor que podemos regalarnos...

El otro dia utilizaste la expresión "te adoro" hoy lo hice yo contigo.

Me gustó tremendamente que utilizaras esta palabra... adorar, no entiendo de definiciones, probablemente no es tan existencial como decir "te quiero"... Pero sí para mí, me encantó, adorar a alguien es símbolo de admiración, de estima, de entrega...

A veces pienso, y no te regañes por ello, si todos tus poemas, tus versos, rimas, expresiones absolutamente llenas de amor son realmente para mí, ho es tu inspiración quien te hace crear estos maravilloso escritos que tanto ansío.

Claro que sé que soy tu inspiración, mis ojos verdes te invitan a ello... pero soy más que unos ojos verdes, tengo cuerpo, tengo personalidad, a eso me refiero, todo el conjunto que forma mi ser.

¿Es el que realmente te inspira? Y no hablo de sexo, hablo de sentimientos.

Yo sí sé cuáles son mis sentimientos. Me gusta sentirte cerca de mí, siempre.

Es un sueño que lo disfruto, lo vivo, lo quiero con locura... este sueño sin ninguna duda es gracias a ti.

Te adoro.>

—Ja, Ja, ja, Pero Emilio, ¿cómo puedes tener todavía todo eso? Claro que lo recuerdo, pero me parece tan lejano en el tiempo.

—Pero si lo tengo todo Alexia, es mi vida, la séptima del gato, no puedo perder nada de esto, puede ser la última.

—Realmente sentía todo eso, es la pura verdad.

— ¿Sentía? ¿Quieres decir que ya no lo sientes?

— ¡Hombre!, entiéndeme, claro que lo siento, pero ahora es otra cosa mucho más importante. Mira me estás liando, y me estás entreteniendo. Ja, ja, ja.

—Tú lo que quieres es que te diga que te quiero, pues sí, te quiero.

— ¡Uy! Qué mal suena eso ahora. Ja, ja, ja. Pero no pasa nada, ahora verás lo que nos llevó a la máxima expresión del significado de nuestro amor. Al principio decías estar enamorada de mis letras pero…

Mira esto…

< Sí, te amo.

Nada me gustaría menos que te fueras con la impresión de haberme llenado solo con tus letras. No puedo negar que en un principio fuera así, eres conocedor de ello, negarlo sería engañarte a ti, y a mi misma.

Lograste enamorarme sutilmente, sin darme cuenta, conseguiste ser imprescindible en mi vida, te necesitaba diariamente, era incapaz de imaginar tu ausencia. Si tuviera que resumir todos mis sentimientos en una sola palabra, sin duda sería admiración. Te he admirado y sigo haciéndolo sin descanso. Por tus letras sí, por tu escritura, pero sobre todo por amarme como si no hubiera un mañana.

Te amo por ello, por hacerme sentir imprescindible en tu vida, por arroparme y abrigarme con tu cariño, por envolverme en un constante sueño de placer absolutamente enriquecedor.

Recuerdo especialmente una frase tuya;

"No te preocupes por nada".

Me decías cuando lo necesitaba, no sabes hasta qué punto me reconfortaba, creo que nunca te lo reconocí, incluso me atrevería a decir que no eras consciente del confort y amor que me transmitías con ella. Me sentía protegida como una niña en brazos de su madre. Mis preocupaciones se desvanecían mágicamente al instante.>

—Maravilloso Emilio, y maravilloso que conserves todo esto, es nuestra vida, es cierto y estamos a punto de recuperarla.

—Bueno, si estás lista… cuando quieras vamos para allá, estoy deseando ver las campiñas y también hacerme una idea de lo vuestro, del complejo ese tan interesante.

—Pues adelante, vamos allá. Si quieres conduzco yo, ¿Eh?

— ¡Ah! Como quieras, mejor, así podré mirar mejor todo el paisaje, de acuerdo.

—Mira Emilio, es ahí, ese es el arquitecto, es muy buena persona, ya verás.

— ¡Ah! ¿Pero yo tengo que ir? Si quieres me quedo aquí y espero.

—No, no, cariño si quiero presentártelo, y verás que proyecto más bonito está previsto. Además, quiero que sientas que me siento muy orgullosa de que sepan que eres…

— ¿Qué? ¿Qué soy?

—Ja, ja, ja… Mi vida entera, ¿qué pensabas?

— ¡Ah! Bueno.

—Buenos días Alfredo, ¿qué tal?

—Hola, buenos días Alexia. Bien, bien.

—Mira, quiero presentarte a Emilio, es mi pareja.

— ¡Caramba! Alexia, no lo sabía, encantado Emilio.

—Le venía comentando que le explicarías lo que queremos montar aquí, es conocedor de estas tierras, sus padres y él veraneaban aquí.

—Bueno, conocedor es un decir, Alexia. Digamos disfrutador.

—Pues mira Emilio, aquí van veinte viviendas en una primera fase, son edificaciones modernas pero con un componente fundamentalmente rural, al estilo de La Garriga, no sé si conoces.

— ¡Ah! Sí, sí, conozco. Entiendo.

—Se trata de no romper el encanto natural, porque eso es lo peor a la hora de construir. Son casas de alto standing, no asequible por cualquiera, pero sin duda están todas vendidas en poco tiempo. Más tarde haremos una segunda fase a partir de aquel árbol alto que ves allí, y punto, cuarenta casas y el complejo comunitario, es decir una mini ciudad cerca de todo.

—Me parece un proyecto magnifico, y un entorno fantástico para disfrutar de la naturaleza.

—Bueno Alfredo, miramos eso…

—Sí Alexia, vamos a calcular el…

—Bueno yo doy un paseo por aquí, así no os interrumpo. ¿De acuerdo?

—Sí, sí, muy bien.

—Enseguida estamos Emilio y nos vamos a dar una vuelta.

—Muy bien, tranquilos, aquí estoy.

Aquel paisaje me trasladó a mi infancia, esas verdes praderas en donde había retozado con ese olor característico de la hierba y al fondo unos frondosos árboles, mis favoritos eran los avellanos, todavía puedo percibir el aromo de las avellanas recién cogidas y aquellas tardes de verano que aquí eran primavera pues el clima es mucho más agradable que en las zonas donde el sol es justiciero y asfixiante.

Debía aprovechar cada instante, no sabía si volvería por aquí alguna vez, ganas no me faltarían desde luego. No nos da tiempo de ir hasta el río, bueno, tampoco hay mucho que ver, ¿o sí? Tal vez en otra ocasión. Ya empiezo a pensar como un viejo, cuando dudas de la posibilidad de volver a un sitio puedes estar en esa etapa que llamamos vejez. Pero en realidad lo que debería pensar que lo mío es un nuevo amanecer.

CAPÍTULO 8

—Cariño… vamos, esto ya está.

— ¡Voy!

—Alfredo, hasta el jueves, nos vemos en la oficina.

—Adiós, adiós, que vaya bien, Alexia, Emilio.

—Igualmente Alfredo y encantado. Me cayó bien el arquitecto, tal vez hacemos cosas parecidas, él construye con ladrillos y yo con palabras, todo es lo mismo.

—Bueno ahora Emilio ya estamos libres y vamos a disfrutar de todo esto hasta la hora de comer.

—Mira Alexia, en aquella pradera, estaba recordando que en las tardes veníamos allí a jugar y coger avellanas, puedes creerte que he sentido el olor de todo eso después de tantos años.

—Vida mía, yo sabía que esto te daría una inyección de salud, me habías trasladado todas tus ilusiones y todos tus anhelos, Cádiz, Vidrà… todos.

— ¿Sabes una cosa Alexia?, todo eso quedó eclipsado cuando apareciste tú en mi vida, desde entonces no tengo más ilusión y anhelo que hacerte feliz a ti. Cosa que todavía es asignatura pendiente para mí.

—Tú me has hecho feliz siempre Emilio, no eres consciente de ello, pero así es. En la presencia y en la ausencia, sí parece una contradicción y eso de las contradicciones me lo enseñaste tú, antes no lo entendía.

— ¿Qué hora es, Alexia?

—Son las diez y media, ¿por qué?

—Podríamos acercarnos hasta el río, allí también viví un nuevo amanecer, casi me ahogo en él.

—Vamos… yo no lo he visto.

— ¡Ah! Pues tiene una cascada preciosa y el agua cristalina, impoluta, no se ve todos los días eso.

—Emilio, ¿por qué todos los poetas están enamorados de la naturaleza?

—Bueno, yo no diría todos, pero sí, la mayoría sí. Pues es porque la naturaleza es el manantial de la vida y el poeta está enamorado de la vida, y porque es algo superior, supremo, nada hay más grande que la naturaleza a nuestros ojos. Exceptuando el universo que consideramos el más allá, evolutivo y expansivo. La naturaleza la podríamos definir como el más acá. ¿No te parece?

— ¿Y el amor dónde encaja en la naturaleza?

—Pues es la propia naturaleza la que representa el amor, nada existe sin amor, todo lo que ves es fruto del amor de alguien, incluso lo que nace por generación espontánea.

—No estoy en condiciones de hacer una definición del amor, llevamos siglos intentándolo y es muy difícil hacerlo, sin embargo te diré que… El amor es la conjunción de lo natural elevado al grado superlativo, es decir, lo incomprensible y por lo tanto desconocido para aquel que nunca lo vivió. Esta filosofía no es nueva, siempre pongo el mismo ejemplo, pero es que no veo otro mejor, el poema de Lope de Vega… "Quien lo vivó lo sabe". Así termina el famoso soneto, que sentencia que quien no conoció el amor no sabe lo que es.

—Vamos al río Emilio, quiero verlo.

—Vamos…

—Mira, ahí lo tienes, y está caudaloso eh, en esta época es normal, solo se ven las rocas más a la orilla, no lo había visto así, en verano el caudal es menor.

—Sentémonos en esa roca Emilio y me hablas de poetas, hace tiempo que no me hablas de poetas, y lo echo en falta.

—Ja, ja, ja. Pero si tú también eres poeta cariño, lo que pasa que no ejerces, porque eres terrenal, y no lo digo por los terrenos, que también. Mira eso me lleva a hablar de lo físico y lo etéreo.

Lo visible es una evidencia, lo invisible necesita de un cierto grado de fe. No hablo de nada religioso, no, no es mi campo. Lo respeto pero no lo comparto. Hablo de las experiencias de cosas fiables por su propia evidencia y de lo imaginable, pero no visible.

Te voy a poner un ejemplo crudo pero efectivo, verás… A tus padres los amabas porque los veías y los podáis tocar, eso es la evidencia, sin embargo ahora no los ves, y los sigues amando, eso es lo que imaginas, están, porque están en ti.

Ahora otra cosa más compleja, creer en algo que no has visto nunca, por ejemplo en Dios, es imposible tener evidencia de eso, pero a pesar de no ser creyente, algo te dice que existen fuerzas supremas y desconocidas que afectan al estado de ánimo, lo mismo la suerte, el azar y tantas otras cosas indefinidas por carecer de cuerpo físico.

Lo mismo pasa con el amor, entidad etérea y para mucho inexistente por no haberlo podido ver, conocer o sentir.

El otoño es la estación de la melancolía, el almacén de sentimientos de los poetas, es una nueva primavera. La hoja caída da paso a una nueva hoja, seguramente más fuerte, más vigorosa. La luz de un atardecer en otoño es incomparable a otra luz. Sí, soy yo quien enciende esas luces, lo haré más a menudo sabiendo que tanto te gustan.

Ves es un ejemplo claro de que algo etéreo puede hacer feliz a una persona, un poema en el viento, un beso en la distancia, un abrazo virtual. Es etéreo, sin embargo efectivo.

— ¡Uy! Emilio, son cerca de las doce, debemos volver al hotel, se nos ha pasado la mañana en un plis plas.

—Sí, vamos para allá, ¿sabes? Esta mañana le he preguntado a Josep si hacían canelones, ja, ja, ja. Y me ha dicho que los hacen los domingos, hoy no.

—Bueno, pues vendremos un domingo, ¿no?

—No, no hace falta, me ha dicho si queríamos hoy, y yo le he dicho que sí, ja, ja, ja.

— ¡Ah bandido! Te ha cogido cariño ese hombre, ¿eh?

—Hoy toca escudella catalana, pero ojo, no como aquella aguada que parecía un charco con tropezones, y le he dicho que, dos de escudella y dos de canelones, ja, ja, ja. No sé si he metido la pata y querías otra cosa.

—No, no, por mí fantástico. Qué pillo eres… Me encanta.

—Pues vamos allá, parece que estamos de vacaciones en vez de estar trabajando, ¿no?

—Sí, es cierto, bueno un poco de todo, yo por hoy ya he hecho todo lo que tenía que hacer. Hasta mañana nada.

— ¿Todo? ¿Estás segura?

—Hablo del trabajo Emilio, ¿de qué hablas tú? Ja, ja, ja. Eres un picarón.

—Todo no, es verdad, me falta lo más importante.

— ¿A qué hora saldremos para casa, Alexia?

—Con que salgamos a las seis suficiente, a las ocho u ocho y media estamos en casa.

— ¡Ah! Perfecto.

— ¿Te quedarás en casa supongo? Es tu casa, recuerda, siempre lo fue.

—Sí, amor mío sí, lo sé. Claro que me quedaré, hasta que me eches. Ja, ja, ja.

—Eso no sucederá nunca Emilio, nunca.

—Bueno, ya veremos, ya haremos lo que tengamos que hacer. Estaciona ahí, mira el bueno de Josep parece que nos esté esperando, está en la puerta. Qué gente más amable, ¿verdad?

—Mucho, y muy sana.

—La vida aquí se vive de otra manera, no hay tantas prisas, ni tantas presiones, es otro mundo y otro ritmo. ¿Sabes lo único que me faltaría a mí aquí?

—Pues claro que lo sé, ¿es que crees que no te conozco? El mar. Ja, ja, ja.

—Ya veo que me conoces, sí. Entonces, esta noche dormimos en casa, ¿es eso?

— ¡Hombre! Pensé que lo tenías claro.

—No, no, si claro lo tengo, a mí no me espera nadie.

— ¿Cómo están los geranios?

— ¡Uy! No los conocerás, enormes. Y las margaritas, en mi vida logré tener las plantas como están allí.

—Eso es cosa del jardinero. Ja, ja, ja. Érase de un marinero… que hizo un jardín junto al mar… si se metió a jardinero… estaba el jardín en flor… y el marinero se fue… por esos mares de Dios… Eso es de Machado, vida.

—Eso es lo que hiciste tú, marinero.

—Pero luego creo que volvió, ¡Eh!

—Pues eso, cómo tú. ¿Por qué has preguntado eso de quedarte en casa?

—No, por nada, es que he recordado un tema que escribí para no sé dónde.

<Hay personas que llevan un saco lleno de piedras en su corazón… y hay personas que llevan un saco de corazones en su alma.

Siéntete orgullosa, altiva, vivaz… y sobretodo feliz. Las buenas obras solo son agradecidas por aquellas personas limpias de corazón y las piedras siempre son un lastre que más tarde se convierte en arena por la erosión. Las damas de hierro… tienen un problema… se oxidan.

Las mujeres de hielo… nunca sentirán el calor del amor.

Convivir es arriesgar… lo otro sería malvivir o vegetar. Cuando se actúa con honestidad, sobran los perdones y las escusas.

Hoy me he dado cuenta de que además de ser una buena persona, eres una mujer de honor. Estoy muy orgulloso de tu comportamiento y sobre todo de tus sentimientos.

Te amo.>

— ¿Qué no sabes para dónde? Eso me lo escribiste a mí.

— ¡Ah! Ya podría ser ya. Ja, ja, ja.

Y esto también…

<Llegado este momento, creo conveniente y necesario decir lo siguiente:

En la vida pasamos por muchas etapas y vicisitudes, en realidad es una búsqueda incesante de la felicidad. Sabemos que hay un camino menos traumáticos... el conformismo. Pero no es menos cierto que el conformismo es como perder el sentido nuestra vida.

Dentro de cada uno hay unos anhelos que están latentes, si reciben estímulos reaccionan.

No hay un tiempo ni una edad concreta... puede ser en cualquier momento, incluso de forma inesperada.

Estoy enamorado de una mujer... no, no, no es una fantasía, no es un espejismo... es una sensación madurada y procesada desde la razón más cabal.

Los sentimientos nacen y se desarrollan, y tienden a conducir o reconducir nuestra existencia.

Luchar contra los sentimientos es fracasar.>

—Bueno pues ya estamos aquí, Buenos días Josep, de nuevo nos vemos.

—Buenos días Emilio y Alexia, ya tienen su mesa preparada. Un guiño picaresco acompañaba la amplia sonrisa del bueno de Josep, era como un gesto de complicidad por la petición que le hice por la mañana, que en realidad debía ser una sorpresa. Pero no pude contener mi lengua y Alexia ya sabía lo que había. En ningún momento lo manifestó para no romper la magia del momento, sobre todo para Josep, me miró y sonrió levemente.

— ¡Ah! Pero si ya está, vaya pinta Josep, esto sí que es una escudella. ¡Madre mía!

—Es el plato del día Alexia, por eso no he preguntado, pero si desea otra cosa…

—Ni pensarlo, me encanta, gracias Josep.

—Esto no se nos va a olvidar en mucho tiempo, ¡eh Alexia!

—Esto no lo olvidaré en mi vida Emilio. Hace mucho que no vivía un día tan feliz.

— ¡Exquisita! Sin duda, es la palabra correcta, y recuerdo que una de las favoritas de tu madre, ¿no es así?

— ¿Todavía te acuerdas de eso Emilio?

—Hay cosas que no se olvidan nunca, como muy bien has dicho. Mirándola a los ojos note como estaban a punto de derramar unas lágrimas procedentes de la emoción.

Las emociones son el motor del entusiasmo y lo que mueve el mundo, emocionarse implica un gasto de las energías, pero resultan ser energías renovables, por tanto es carga positiva para alimentar la vida.

—Estás pensativo Emilio, ¿en qué piensas?

—Pues mira, estaba pensando en lo pesadito que he sido en multitud de ocasiones, y como sabes, analizo casi todo, y a veces me pregunto por qué los nervios me dominan la razón y despliego las alas del discurso infundado y de la insensatez. Fui estudioso del fenómeno de los silencios, del valor de la palabra callada, no dicha, sin embargo la causa del despilfarro verbal procede precisamente de ahí, de la soledad del espíritu, y conviene reflexionar sobre eso y pedir perdón.

—Emilio, no, no has de pedir perdón de nada, eso no tiene sentido.

—Pues yo creo que sí, y nunca es tarde para hacerlo. Al menos justificar el motivo de acciones que carecen un cierto control de esas acciones.

En realidad, en cierta ocasión escribí algo que nunca te envié, eran momentos de tensión, de incertidumbres que me sometían y me afectaban al equilibrio mental.

<Unos labios sellados por el destino que los llevaron al mundo de los silencios de angustia y al abrigo de la soledad, son aquellos que despliegan su "cólera", la rabia desatada de sentirse al lado de aquello que más amo.

Encolerizados, rabiosos por amar al ser más maravilloso de mi universo, el que abre mi corazón a las pasiones y al desenfreno.

Pero sin duda es menester pedir perdón, y es que el perdón es el vestíbulo del amor, la antesala de la comprensión y el blanqueo de las almas que pueden perder el concepto de pureza cuando liberan sus sentimientos de forma desorbitada y absurda.

No me duelen prendas en pedir perdón, mucho menos a la persona que amo y que me brinda su amor.

Perdóname... perdóname...>

—Bueno amor, olvida todo eso, estamos en otra tesitura, hemos forjado una estructura difícilmente entendible para cualquiera, hemos equilibrado sentimientos, hemos adaptado las dudas a lo que tú llamabas racionalidad, y siempre habíamos hablado de ese concepto de un nuevo amanecer. Fíjate que este proyecto no era hacer una novela, era un compendio de nuestra vida, de esa historia de amor que a veces nos ha parecido incompresible hasta a nosotros mismos.

—Sí, tienes razón, y te diré más, resulta que un analista como yo, no me daba cuenta que tenía a mi lado a la persona con más racionalidad del mundo, sabías convertir un contratiempo en una ilusión, sabías devolverme a la vida con una sonrisa, sabías nadar y salvar la ropa, y nada te pudo destruir.

—Ese proyecto del que hablas, ese nuevo amanecer, se resistía, es porque no era el momento, era una premonición, algo que se gestaba pero todavía no era su momento. Los amaneceres se producen en cada instante, y son nuevos, pero cuando hablamos de Un nuevo amanecer, con mayúsculas es otra cosa, se trata de ese morir para renacer, sin muerte no hay renacer, es la reencarnación.

— ¡Josep!, por favor, si es tan amable, tráigame la cuenta, pero antes pónganos una copita, solo una, descansaremos un rato y volveremos a la civilización, o sea al ruidoso mundo de las prisas y los problemas cotidianos.

— ¿Una copa Alexia? Tenemos que viajar.

—Sí, sé lo que digo… Un Cointreau con hielo y un Baileys para mí.

— ¡Vaya!, no soy el único que me acuerdo de las cosas ¡Eh! No lo probaba hace tiempo, y ya llevo dos en dos días.

—Ahora mismo, y están invitados, Alexia, esto corre por mi cuenta.

—Pues muchas gracias Josep, y ya sabe que tiene unos clientes incondicionales.

—Ha sido un honor Alexia.

Aquel hombre era la viva imagen del concepto de ataraxia, y eso que teníamos claro ese asunto, incluso dedicamos toda una obra eso, pero ahora es cuando el concepto tomaba todo su sentido.

Una última visita a la acogedora suite iba a poner punto final a esa jornada que significaba un principio y un final de algo que no debió interrumpirse nunca.

Nos acostamos vestidos, solo nos quitamos los zapatos, nos abrazamos como si quisiésemos ser dos en uno, la calidez de nuestros cuerpos invitaban a perpetuar las sensaciones y lejos de dormir, nuestro ojos estaban abiertos, como buscando la luz que iba a ser la que iluminara nuestros días en el futuro.

Esta vez sí, el silencio se adueñó del momento, no precisábamos hablarnos, las energías se contagiaban de ese aura del que habíamos formado entre ambos.

¿Cuántas veces habré escrito sobre los silencios…?

<Un silencio sepulcral anida en mi alma, y odio las fiestas de guardar, de guardar silencio, de apretar el botón de "reset", las que convierten un camino en un calvario y las que niegan el consuelo.

Las palomas de la paz están de vacaciones y los buitres al acecho del mínimo error, de esos que con el tiempo se pagan.

Dicen que de los errores se aprende, y es cierto, se aprende a desvivir, o sea a morir poco a poco en una agonía larga y profunda.

Los ruiseñores están en huelga de celo, y los gusanos de fiesta mayor, pues campan a sus anchas sin el menor temor.

Dicen que no hay mal que por bien no venga, y es cierto, el bien viene pero la espera atormenta y destruye.

Los poetas están embobados mirando a la Luna de Valencia, o a otra, y sus manos no responden a los estímulos ni a las razones.

Dicen que siempre hay esperanza, y es cierto, pues sin ella la vida desaparece, como las olas retornan al lecho del mar, en silencio, como las almas de los poetas.

—Emilio, es la hora, ahora sí, vamos a prepararnos.

Aquellas palabras eran como un puñal, pero en realidad tenían un doble sentido, anunciaban el final de unos momentos inolvidables, pero también el inicio de algo para lo que teníamos que prepararnos, una nueva vida, un nuevo amanecer.

CAPÍTULO 9

— ¡Buen viaje señores! Hasta la vista.

— ¡Adiós Josep!, y gracias por todo.

La sensación es que dejamos atrás un trozo de nuestro corazón, nos miramos, y una sonrisa adornaba una despedida que se convertía en encuentro. En el interior del habitáculo de un automóvil parece que estamos asilados, en una especie de intimidad especial, es la prolongación de un hogar. La inimitable postura y ese estilo de manejar el magnífico coche, siempre fue magnífico para nosotros, era una joya de cuatro ruedas de la que no fuimos capaces de desprendernos nunca. Siempre me impresionó la pulcritud de aquel coche que relucía como si saliese de un concesionario. El blanco era blanco, pero inmaculado, como haciendo honor a su propietaria.

Al ir descendiendo, porque siempre es bajar, cuando se trata de volver, esto lo aprendí de ella, no importaba la orografía, volver era bajar, y subir era ir. Y ahora bajábamos, probablemente era un asunto totalmente acertado.

Al ir descendiendo decía, la luz iba anunciando un crepúsculo, poco a poco el azul celestial se iba apagando para tomar tonalidades grisáceas, pero eso no nos amilanaba, estábamos seguros de nuestro camino, era ese que conducía a una felicidad que hace tiempo que nos esperaba.

Los boleros y las canciones que ponen la piel de gallina, frenaban las ganas de hablar, pero había que romper el silencio, ahora había que determinar quién iba a hacerlo.

Aproveché el cambio de canción para…

— ¡Qué bonita canción Alexia!

—Mucho, si, a mí me encantan estas canciones, y no son de mi época, alguien puede pensar que no es normal, pero a mí me apasionan.

Dudé si esa misma conversación había sucedido ya en alguna otra ocasión, como un dejá vu, y está claro que sí, son esas cosas que están en la memoria de forma imborrable y que repetiríamos mil y una vez.

Ahora iban pasando como fotogramas imágenes y conversaciones de aquellos momentos tan deliciosos que habíamos pasado. Y vino a mi mente aquello de la admiración, eso que desembocó en otra cosa, pero que fue un verdadero sentimiento que se arraigó en sus pensamientos.

—Alexia, vida mía, ¿sabes qué? Que he de decirte una cosa… no soy persona de regalar halagos ni dar pábulo, pero no puedo más que decirte que te admiro.

— ¿A mí cariño? ¿Por qué? Ja, ja, ja. ¿De dónde sale eso?

— ¡Hombre! Si te vas a reír de mí… ¿De dónde va salir? De mi corazón.

—Perdona cariño, es que me ha hecho gracia, no me lo esperaba.

—Pues sí, te admiro, porque una persona como tú no merece más que sientas admiración, y no sé si te lo he dicho alguna vez.

—Me has dichos otras cosas Emilio, la de la admiración soy yo, ahora seremos los dos, ¿no? Tú eres un hombre admirable, y un artista. Y no lo digo por tus libros que son magníficos, lo digo porque pones el corazón en todo lo que haces, y yo diría que algo más.

El silencio vuelve a querer imperar y zanjar lo que no es posible frenar, la decisión de rendir honor a lo que se siente.

—Bueno, eso de artista se lo podrías decir a mis lectores, quiero decir a los presuntos compradores de libros, ja, ja, ja.

— ¿Estás escribiendo? ¿Cómo puedes escribir en el coche? ¿Tanto confías en mí?

—Vaya pregunta… No he confiado nunca en nadie como lo hago contigo. Estoy haciendo unos apuntes para terminar un libro al que le ha llegado su hora.

— ¡Ah! Pues eso me gusta.

— ¿Qué confíe en ti, o qué escriba?

—Las dos cosas.

—Me parece genial. Estaba pensando… ¿Cómo pude seguir escribiendo después de…?

—Yo sabía que nunca dejarías de escribir, a pesar de que te tomarías tu tiempo.

—Me lo tomé, es cierto, y estuve a punto de dejarlo definitivamente, pero no pude. Algo me impide hacerlo. Es como un equilibrio que he plasmado en este escrito y que no llegué a pasarlo porque perdí el norte del argumento, pero no borro nada, y ahora lo he recuperado. Lo escribí poco antes de nuestro alejamiento y no le encontraba el sentido en ese momento.

Decía así...

<Toda esa fuerza que ni siquiera sé de dónde sale en ocasiones se convierte en temor, y es porque aunque no lo parezca estoy a punto de dar el paso más importante de mi vida, y eso ocupa el cien por cien de mi capacidad cerebral. La seguridad me asusta tanto que el vértigo me paraliza y siento pánico. Surge la duda si llegaré a ser suficiente para ti, no es fácil asumir eso, es como una amenaza que siempre me persigue sin tregua. Por eso hablo de ese viaje sin retorno, y de las incertidumbres que siempre están presentes.

El amor que siento por ti me ciega, y eso me preocupa. Tú mereces algo más, y yo llego dónde llego. No sé si me entiendes, mañana cuando te vea a mi lado, mis inquietudes se disipan, pero desde lejos me encuentro como perdido, ausente de todo.

Es un gran proyecto de vida, y es lo que hay que hacer, sin duda. Necesito ese golpe de mano, esa fuerza que tú me transmites y no tengo cuando no estoy contigo.

Esa es mi gran debilidad. Muero sin ti.>

—A pesar de esto, fíjate como derivó la cosa, incluso preparé un texto para zanjar las dudas, tenía en mi mente el propósito de no abandonar aquello que más había anhelado siempre.

<Partir hacia un viaje sin retorno es retar al destino y plantarle cara a la vida. Los pilares que sostienen un reto deben ser sólidas columnas, inquebrantables. Solo así el cielo estará diáfano y limpio de nieblas que impidan ver el rumbo. Anoto hoy en mi cuaderno de bitácora que la nave dispuesta a zarpar, inicia los preparativos para una larga travesía. Los designios y las circunstancias nos llevarán al Edén. No hay icebergs ni puntas de hielo que corten el casco de nuestra embarcación. Y las recosidas velas son empujadas por el viento que nos conduce a la libertad.

En la proa como símbolo de la lucha, ondea la bandera de combate, torrotito que indica el sostenimiento de la paz duradera.

No hay vuelta atrás, las bodegas ahora llenas nos harán recalar en la bahía llamada felicidad. Y nuestros corazones latirán al ritmo que marca un amor que no tiene límites ni fronteras. Nos arrancaremos un pelo de nuestro cabello para sellar el pacto y poder decir aquello de "Pelillos a la mar".

Feliz travesía.>

—Me parece del todo increíble que puedas plasmar tantos sentimientos en un escrito, y mucho más siendo la protagonista y receptora de todo eso. Nunca me dejaste de amar Emilio, y eso lo sé, yo tampoco lo hice, y fue como si me arrancaran un trozo de mí cuando sucedió. Traté de entender y entenderte, no era fácil, las circunstancias pedían sacrificios casi imposibles de asimilar.

—No fue fácil, no, es más, lo cierto es que no llegué a recuperarme del todo. Me encerré en mí mismo, no toleraba la presencia de nadie, y cada día salía menos de casa. Creí entrar en un proceso irreversible de depresión. Yo que tanto he hablado de superar esos estados y retomar la vida con ímpetu y en cambio no tenía salida para mi propio estado de muerte en vida. Porque la muerte es muerte, pero la muerte en vida es otra cosa peor, es una condena que te destruye y se puede llegar al abandono de uno mismo.

Solía leer y releer relatos, reflexiones que había ido haciendo cuando tú luz iluminaba mi camino, es lo único que me mantenía vivo aparentemente.

Recordaba que para nosotros todo eran primaveras como cuando escribí aquello que titulé "Relato de una sanación"…

<Era la antesala de la esperada primavera y el sol iba alcanzando altura en busca de la perpendicular, sin embargo mis huesos helados por los trances y la vicisitudes mermaban sus movimientos además de entrar en un colapso mental.

La psiquis realiza sus funciones y la sensación de enfermedades asoman para mostrarse en los rostros. Ese es el diagnóstico de mi apariencia, pero una tarde que parecía entrar en un sueño quiera tomar protagonismo. Solo su presencia y su compañía es un antídoto para mí, pero si además compartimos unos estupendos sándwiches hábilmente preparados abren el apetito para todo. Sabía que no estaba en mi mejor momento, pero la definición de dulzura está basada en alguien que conoció a esta mujer, sino, no hubiese existido tal definición. Y claro, la temprana hora de ir a la cama sufre un encantador retraso provocado por las ansias que tenemos uno del otro. No en vano el paréntesis vivido por diversas causas hace que el mínimo contacto nos lleve a la pasión. Y una noche apasionante es lo que disfrutamos.

El descanso por acumulación de cansancios nos conduce al sueño, la espléndida cama ayuda mucho y enseguida entramos en el sosiego de dormir a pierna suelta.

Ella es madrugadora nata, a las seis y media de la mañana ya está en marcha, yo necesito apurar un par de horas más, y las ganas que tengo de ver ese sol que acaricia nuestra terraza me hace levantarme aunque no con todos los circuitos conectados. Un maravilloso café con leche preparado por mi verdadero sol, que es ella, me sienta como un soplo calmante de calor.

Un viaje por las abruptas tierras aunque hermosas a rabiar ya son la culminación para sentirme bien, pero será un espectacular bistec el que derive sus nutrientes proteínicos para que resurjan las fuerzas necesarias para un nuevo encuentro, y tenemos ganas de cama, tal vez un masaje, pero intercambiamos el orden, primero vamos a lo que el cuerpo pide, la lujuria desatada y ordenada, y luego un retoque masajístico.

De nuevo mi cabeza quiere entrar en un nuevo proceso de reset, y una horita de siesta me deja nuevo. Ahora le toca el turno a nuestras amadas plantas, su cuidado les da y nos da vida. Un paseíto por la finca y una visita a la piscina por aquello de acercarnos al esperado verano es una delicia.

Un cigarrillo pone punto y aparte, que nunca un final, y cada mochuelo vuelve a su olivo, para disfrutar también de nuestra libertad individual y sobre todo para el recuerdo.

Hay que decir que es una sanación completa, de ahí el título de este relato, que me gustaría vivir mil y una vez más, pues de lo contrario se me agotan las fuerzas de la luz que esta mujer me da, en todos los sentidos.

Dicho de otra manera, la amo sin límites.>

—Teníamos claros unos conceptos que habíamos diseñado para que aquello no acabara nunca, las experiencias nos decían que la monotonía podría truncar nuestro proyecto, y realmente era así, pero tal vez nos equivocamos, no éramos capaces de medir la cantidad de amor que nos profesábamos y mucho menos la necesidad de estar juntos en cada minuto de nuestras vidas.

Pero… ¿estás llorando? No, no, no quiero que llores, no te cuento más. Me rompe el corazón verte llorar.

—Estoy llorando de emoción Emilio, yo tampoco supe entender que pudieses amar tanto, es una capacidad que se sale de lo normal, incluso hasta el punto de sacrificar tu felicidad para que yo fuese feliz.

—Para, para, vamos a fumar un cigarrillo, lo necesito. Mira ahí hay un apartadero, para.

—Sí, yo también lo necesito.

Sentados en un pequeño remonte, junto a la cuneta de una carretera desierta volvimos a cruzar nuestras miradas, sus ojos enrojecidos brillaban más que nunca y no me lo pensé, la besé como creo que no la había besado nunca. El sonido sordo de las hojas de los árboles acariciaba nuestros oídos mientras no podíamos dejar de mirarnos fijamente. Los cigarrillos se consumían por sí solos, pues eran la excusa para parar, sin embargo lo que necesitábamos era eso, mirarnos, abrazarnos una vez más. Sentíamos los latidos de nuestros corazones al unísono, como si fueran uno solo.

De pronto el ruido ensordecedor de un camión nos despertó del letargo y decidimos continuar el viaje, la verdad es que deseábamos llegar cuanto antes a nuestro querido hogar.

—Vamos Emilio, tengo ganas de llegar a casa, estoy cansada.

—Sí, vamos, conduciré yo, si quieres.

—No, no, me relaja, y sé que vas a gusto, ya sé que cada vez te gusta menos conducir.

—Bueno, está bien, como quieras.

La breve pero intensa pausa nos despejó, un gran suspiro cerró todo atisbo de lo que pudo llegar a pasar por nuestras mentes, y a eso le siguió una gran sonrisa que resucita, de es una nueva inyección de vida.

Pasados unos kilómetros…

—Emilio, por casualidad, ¿no tendrás ahí aquel relato del balcón del mar?

— ¿Cuál de ellos? Tengo muchos balcones del mar. Ja, ja, ja. Espera. Sí, mira aquí hay uno… ¿te lo leo? Este es largo.

—Sí, por favor.

<Quiso el destino y seguramente alguna otra circunstancia, que hoy visitáramos nuestro balcón del mar. Tal vez alguien que quiere no faltar la consumación de un sacramento, no en vano son testigos en el mismo, como lo es este mar vestido de gala y de tonos azules mediterráneos, aunque no tarda en adoptar matices verdosos, sin duda por el reflejo de unos ojos del color de la esperanza.

Esperanza que hoy es espera, sin embargo no tenemos nada que objetar, la verdadera necesidad que tenemos es la de estar juntos, y esa está cumplida.

Para nosotros el balcón del mar es un templo, lugar sagrado, cita obligada para confesiones y lamentos, pero también de alegría y regocijo.

La tenue brisa corrige un calor que sin duda sería extenuante y que nos dice que el verano está aquí ya. Un manchego semicurado y bañado en aceite, nos hará paliar las ansias de llevar a cabo la ceremonia, puede que quiera recordar el famoso sabor de unos besos, las uvas son sustituidas por una cervecita, que por razones obvias no podemos adornar con el adjetivo frescas.

Se acerca la hora, el lugar elegido es un exquisito piso patera, nido de amantes, sueño de intimidad y fuente de confort y relax. Y ese es el objetivo fundamental de hoy, queremos desconectar del mundo real, de los avatares, de los estreses, y refugiarnos en el valle de la serenidad.

Espléndido paraje, el frondoso lugar abrigado por los centenarios pinos propios de la zona y la luz y las sombras nos indica que estamos en casa, en nuestro sitio. Es nuestro hábitat, sin duda.

Es una vacación, un paréntesis para el asueto y el descanso en las tareas habituales.

La estancia es magnífica, los aposentos ideales para unos enamorados, el lecho tiene medidas de ring oficial, su forma cuadrada permite un combate de final de título, el incluso sería apto para mantener la llamada distancia social.

No tardamos en ejercer el baile del amor extremo, no es tanto el juego sexual, hay componentes superiores. Podemos perder la cabeza sumergidos en este soplo de felicidad.

No precisamos lubricar nuestros ríos, tenemos manantiales de amor en nuestra esencia, aunque nos gusta jugar al despiste.

Se acerca la hora, una boda tiene su protocolo, nosotros tenemos el nuestro, no seguimos absurdos protocolos.

Una espectacular novia luce su vestido, e hipnotiza a un autoproclamado chef, concentrado en sus labores culinarias.

Hacemos los honores a un sencillo, pero exquisito menú con un vino de estas tierras catalanas de las que somos hijos.

Y como antesala a un fin de fiesta, relajamos nuestros cuerpos en un más que digno sofá impropio de lugares como este.

Pero como siempre el implacable reloj que galopa y pone límites a una felicidad que quiere perpetuarse. La amenaza de la despedida está llamando a la puerta, y dentro de un rato, todo pasará a ser un recuerdo, sin duda imborrable. Quedará para siempre anclado en nuestros corazones.

Pero la vida ha de seguir su cauce, y los ríos tienen su curso, si bien en ocasiones desvían su trayectoria y forman remansos de agua clara para teñir de belleza el paisaje.

El cielo puede esperar, nosotros ya hemos encontrado nuestro paraíso, y en él quedamos instalados a la espera de noticias.>

—Ya falta poco cariño, enseguida estamos en casa, en nuestra casa.

Me parecía notar que se trataba de asentar las bases, de ajustar lo que estaba ya ajustado, pero ella tenía que cerciorarse de cualquier detalle que pudiese truncar lo que había previsto. No sabía que mi decisión era firme e inapelable, nada me podía separar de ella nunca más.

El paisaje iba dibujando la bella sensación del retorno, parecía que habían pasado siglos desde que todo era distinto, no hay motivos para el arrepentimiento, es absurdo, arrepentirse es fracasar y reconocer el fracaso, nosotros no fracasamos, las fuerzas que determinan los respetos mutuos y la necesidad de no producir daños colaterales e irreversible fue la pauta para lo que sucedió. Ahora me parece una locura, sin embargo no cabe el arrepentimiento.

Recordaba dentro de mí frases, pensamientos que no llegaron a ver la luz, pero estaban latentes como mi corazón. Placenteras sensaciones…

<Paseaba por el filo de una ensoñación manteniendo un equilibrio imposible a través de mi fantasía.

Asistía al espectáculo de tu fulgurante mirada esquivando el deslumbramiento de tus lindos ojos.

Rondaba por las avenidas de la exquisitez de tus encantos rebañando el sabor de una piel de terciopelo.

Bebía los vientos por lo inalcanzable con la vehemencia que exige el cumplimiento del deber de amarte.

Y en un suspiro desperté, y al encontrarte a mi lado supe que vivía en un sueño eterno de placenteras sensaciones.>

Siempre compuse para ella, en el pasado y en la ausencia, pues sin ella no tenía alas para volar.

Al acercarnos a la costa siempre me pasa lo mismo, la cercanía del mar la siento en mí, y ahora soy yo quien tiene que frenar el impulso de unas lágrimas que amenazan con salir de mis ojos.

—Ja estamos casi, mi amor...

—Sí, sí, ya lo noto.

— ¿Qué te pasa? Te has quedado muy callado.

No, nada, es que me encuentro como en una nube de algodón, y me emociona llegar a lo que fue mi adorada casa.

CAPÍTULO 10

Ya casi no recordaba que teníamos una zona de aparcamiento que más de uno desearía, en la misma puerta de casa.

Miré hacia arriba, los ojos se me fueron a la puerta de aquel amable y querido vecino que se convirtió en un verdadero amigo.

Pero sin duda, fue al bajar la vista, cuando no pude resistir más. Ahora ya no había freno que valga, rompí a llorar como lo haría un niño al ver aquellos geranios que un día plantamos con tanta ilusión, y me sorprendió su esbeltez y su tamaño.

Al abrir la puerta, sentí aquella fragancia que tantas veces añoré, era la esencia de ella, era la esencia de una mujer a la que amé hasta el infinito y una sensación de calor de hogar indescriptible.

El blanco predominante del conjunto armónico de la decoración era fruto del exquisito gusto de ella, y recuerdo cada tornillo que apreté para ajustar todo al abrigo de nuestro amor.

Me sentí ridículo, estúpidamente ridículo, era como si media vida la había dejado por el camino.

Ella sonreía, estoy seguro que imaginaba lo que sentía y no se lo pensó, me abrazó y me dijo...

—Estás en tu casa amor. Siéntate aquí en la terraza, hace mucho que sueño con verte ahí, sentado, mirando al frente, ausente y presente, navegando por los mares de tu imaginación.

Hace tiempo que te espero desesperadamente, y ese es el motivo que me movió para ir a buscarte.

Cuántas veces me decías que no podrías vivir sin mí, ahora te lo digo yo... no puedo vivir más sin ti.

Un hogar es un baluarte, pues es ese lugar donde uno se encuentra protegido, es decir, fuera del alcance de los enemigos. Y ese es el concepto que quiero para nuestro hogar.

El hogar es el domicilio habitual de una persona y en el que desarrolla su vida privada o familiar. También tiene otra acepción, sitio en una casa destinado a encender un fuego para cocinar o calentar la estancia, especialmente el que está al nivel del suelo o ligeramente elevado.

El hogar es sinónimo de calor, y de fuego hogareño, y del otro fuego, que siempre estará presente.

La llama del amor arde tenue y firme en mi corazón y en mi casa. El hogar es la prolongación de nuestro propio yo. Y su imagen es la que abriga lo que somos y lo que sentimos.

—Emilio, cuando te vea José, se va a llevar una alegría que no se espera.

Mira que me dijo veces... ve a buscarlo, sois el uno para el otro, es absurdo esto, las cosas han cambiado y podéis volver a ser felices.

— ¿En serio? ¿Eso te decía?

—Ya lo creo, y no una vez, muchas.

Ese hombre sabía lo que nos amábamos Emilio, era muy consciente. No entendió nunca este distanciamiento, nunca.

—Tendré que saludarle, yo también lo aprecio mucho.

—Ven cariño, tengo cerveza para ti.

— ¿Para mí? Entonces estabas segura de que vendría, no tenías dudas.

— ¡Hombre! Parece que no me conozcas, siempre consigo lo que quiero.

Y a ti te quiero.

Y era cierto, todo era cierto, me senté en aquel lugar donde la inspiración sobrevolaba y el arraigo a esa imagen idílica y bucólica volvió a mí, como las golondrinas de Bécquer, volvían a un balcón.

El contraste de la calidez con escalofríos se apoderaba de mí, no tenía ojos para admirar tanto y tanto de lo que un día fue la cuna de tantos poemas y de tantos sentimientos.

Vivir alejado de los sentimientos es no vivir, respirar por sí no es vivir, el alimento de la vida son esas cosas con las que puedes viajar por el mundo de los sueños.

Dicen que el amor es una llama que se mantiene encendida mientras hay leña ardiente y que disminuye su intensidad con el tiempo. Sin embargo yo pienso que el amor no es solo una llama de fuego, sino un volcán cuya fuerza nace de las entrañas de la tierra. Los volcanes pueden estar dormidos, inactivos, aparentemente apagados, pero siempre son volcán, y cuando han de liberar su fuerza lo hacen, solo necesitan el oxígeno que produce el fenómeno de la combustión.

Soy el oxígeno de un volcán, aparentemente inactivo, pero con un núcleo totalmente vivo.

Soy la mecha de tu volcán que va acumulado la fuerza expansiva para liberar su potencial.

Tú eres la lava que alimenta y enciende mi mecha y que busca el fuego eterno.

Eres el tercer elemento, que cierra la fase del triángulo del fuego, materia inflamable, fuente de calor y oxígeno, eso es lo que somos, ya lo dije en cierta ocasión, somos tres, tú la materia inflamable, yo el oxígeno, la fuente de calor es el amor.

Somos volcán, no fuego transitorio.

Este fue el primero de mis escritos después de la llegada, estaba claro que el verdor de esos pinares centenarios oxigenaba la ruta de la inspiración. Pero el verdor que de verdad me inspiró siempre era el de sus ojos, que tanto tiempo estuvieron fuera de mi alcance. Ahora tenían otro aspecto, diría que con más esplendor, Hablaban con letras mayúsculas, no leerlos era estar ciego.

Era momento para el balance, volver a esa incoherencia que me conectaba con mi realidad subjetiva.

Al inicio de esta historia me referí a ese concepto de la incoherencia, el desafío mencionado que lleva a hacerse a la mar, sin rumbo fijo, pero con la esperanza de un futuro que hay que escribir.

Pasado el tiempo nos damos cuenta de las páginas que dejamos en blanco, de los borradores que van a la papelera de reciclaje, de los sueños rotos y de la pérdida del control de nuestra propia existencia.

Retomar al timón, volver a empezar puede parecer tarde a veces, pero nunca es tarde, la vida es un suspiro, no da tiempo a que nada sea tardío.

— ¡Emilio, amor! Voy a preparar algo para comer, ¿te apetece algo en especial?

—Vida mía, todo lo que tú haces es especial para mí, aún recuerdo que fuiste la primera persona que me hizo unas pechugas de pollo, y resultó que estaban riquísimas. Más tarde te lo dije en un mensaje… ¿recuerdas?

—Sí, y tanto, no sabía que no te gustaban las pechugas.

—Desde aquel día, volví a comer pechugas, sí, sí.

Mira, si lo tengo aquí…

— ¿Ah, sí? ¿Y qué es lo que no tienes?

—Lo tengo todo Alexia, todo. Fue aquella vez que te tuve que pedir perdón, tú querías descansar y mi lengua de trapo era una ametralladora, se disparaba a discreción por las largas horas de silencio que pasaba cuando no estaba junto a ti.

Era esto…

<Después del perdón viene el relato reflexivo, quiero decir que ahora mis labios están sellados porque las paredes que me rodean no tienen oídos, pero los escritos levantan el vuelo.

En realidad no hay palabras para definir lo que siento, porque probablemente no se ajustan a la grandeza de ello.

Pero te diré que cada instante que paso contigo es mejor que el anterior, y esto no es un simple pensamiento, es la más pura realidad.

Cada gesto, cada ademán me fascina, creo que no puedo enamorarme más de lo que estoy y no es así, me enamoro más cada día, es para volverse loco.

A mí nadie ha conseguido que me coma unas pechugas de pollo, tú sí, y te diré que todo lo que tocan tus manos para mí es el más exquisito manjar.

La imagen de una mujer trabajando me seduce, pero no es por el hecho, es por la forma, ese estilo peculiar y efectivo.

El arte también abarca el mundo de las finanzas y de los negocios, y tú para eso eres actriz principal, protagonista de un entorno que se convierte en arte.

Por eso, y sabes que no soy de regalar halagos, de dar pábulo a nadie, pero he de decirte que te admiro, ese concepto de admiración es más propio tuyo que mío, pero esta vez lo hago mío.

Siento admiración por ti, y el orgullo ya es desbordante, no dejaré de decirte nunca que me siento el hombre más orgulloso de la tierra por tenerte a mi lado.>

—Ja, ja, ja. Es impresionante, lo guardas todo, con razón tenías siempre la memoria del móvil temblando, no me extraña.

— ¡Uy! No lo tengo todo aquí, la mayoría está en el ordenador, hay cosas que si las leyeras tal vez te ruborizaras, son cosas muy íntimas, personales que jamás salieron a la luz. Solo borraba aquello que nos podía nos podía dañar, lo que ha de estar de verdad en la basura, fuera de nuestras vidas, el resto es nuestra vida.

La verdad que ese concepto de la admiración era algo que no contemplaba yo, salvo cuando se trataba de los grandes ilustrados, o científicos y demás. Pero tuve que reflexionar y no podía dejar en el tintero aquello que realmente sentía, era una admiración desbordante, sí aparecía al referirme a su amor por mí, pero esta vez me sedujo su temple profesional. Todas la personas tienen un don, unas lo desarrollan y otras no. Ella tenía el don de la persuasión a través de su encanto. Oírla hablar por teléfono con algún cliente era una lección inolvidable, transmitía serenidad y confianza, eso es lo que sin duda la llevó al éxito profesional.

Y sentir admiración también es una forma de amar, pues es uno de sus componentes. Yo, el poeta del amor, cómo tantos, intentando descifrar, definir el concepto del amor y dejando de lado uno de sus componentes.

Ya lo dije una vez… A veces nos toca enseñar, pero siempre nos aprender. Y esta mujer a mí me enseñó mucho.

Se podría pensar que entonces fue la mayor torpeza de mi vida disgregar, pulverizar los elementos de unión para evitar males que parecían peores. Y tal vez sea así.

Las partes de un todo cuando se disuelven se pueden convertir en la nada, pero eso no se produjo, el todo estaba intacto, los elementos eran reacios a mantener una estructura rígida, y en un naufragio surge aquella voz en off de "Sálvese quien pueda".

Es un sonido ensordecedor, profundo y sórdido, daña los oídos y penetra en la mente causando verdadero pánico existencial.

Las sombras son aquello que proyecta una luz, es la materialización del espíritu de las cosas que se alojan en el espacio y determinan lo que existe de verdad.

El eclipse es la negación de la existencia de algo y sin embargo ninguna sombra es capaz de apagar la luz de una estrella, solo es una percepción de la perspectiva desde donde se mira.

El viaje espacial, es el tránsito por el interior de nuestra mente, es no perder la perspectiva y dar fe de aquello que existe. Lo inmaterial, lo etéreo. Lo planteé ante y lo reafirmo ahora.

—Emilio, la comida está lista… ¡Ah! Pero si has puesto la mesa… Y recordabas donde estaba todo, ¡eh!

—Sí, no he dudado, lo he hecho de forma automática, como si lo hiciese cada día.

—Emilio, me tienes que decir algo. Estoy esperando que después de todas estas emociones, que reacciones. Quiero volver a ver, a sentir al hombre del que me enamoré locamente, aquel que no se rendía ante nada, el que fue capaz de devolverme la vida que una vez perdí, y nunca sabré cómo agradecérselo.

—Nada hay que agradecer, el agradecimiento, el mostrar gratitud es por algún favor recibido, y yo siempre recibí de ti más de lo que di. Soy yo quien tiene que agradecer, y lo haré como corresponde, siendo auténtico, ese que tú defines, el que dio su vida en aras de recuperar el brillo de una estrella que vi con signos de apagarse, de extinguirse poco a poco.

Cuando te vi volar, tuve la sensación de tocar una estrella, porque eso fuiste y serás para mí siempre. Mi sangre en forma de tinta mojaba, inundaba los papeles de signos que llamamos letras, la hemorragia era intensa e imparable. Hablaba con una estrella, y la convertí en princesa de mi cuento y fue reina de mi reino y fue la savia de mis ramas que dieron el fruto llamado amor.

Yo era aquel poeta, aquel soñador que miraba la Luna en las noches claras, que hablaba con ella para no estar solo, pero al hablar con una estrella, dejé de hablar con la Luna.

La Luna es el espejo de una estrella, un espejismo, y tú eres una realidad que se prendió en mi alma para la eternidad.

El universo está plagado de estrellas, solo hay que encontrar la tuya, y yo la encontré. El universo es oscuro cuando no te ilumina tu estrella, y yo deje mi estrella y desde entonces viví en la oscuridad absoluta.

Ese es el hombre al que te refieres, y ese es el hombre que seré para ti. Los años graban a fuego las cicatrices y los tormentos, y es hora de regresar, de volver al camino que no debí abandonar nunca.

No sé si con esto respondo a tu petición, pero las palabras también tienen límites, hay cosas que no se pueden expresar con las palabras.

Mírame a los ojos y ¿dime qué ves? Hay está tu respuesta. Sin palabras

— ¿Sabes lo que veo? Pues que como tantas veces, se te van a enfriar estos ravioli, y los he hecho especialmente para ti. Tenía pechugas de pollo, ja, ja, ja. Pero…

—Siempre me sorprendes con esos toques de humor, y el caso es que te pones sería. Me quedo aturdido. Vamos… vamos a por los ravioli. Si supieses cuánto hace que no los he probado, ni me acuerdo ya.

—Pues adelante, después tomaremos café y descansaremos un rato.

— ¿Sabes? Estoy pensando en empezar una nueva novela, sí, tengo las armas para ello.

— ¿Pero no estabas escribiendo algo?... me dijiste que sí.

—Sí, sí, así es pero eso puede esperar es un proyecto largo y costoso, que por cierto y ahora que lo mencionas, estoy por pedirte algo... ¿Qué tal si ya que volvemos a lo de antes, no hacemos un trabajo como aquel que hicimos una vez?

— ¿Poesía Emilio? No, no, no tengo tiempo mi vida, tengo mucho trabajo, no podría concentrarme, ganas no me faltan no, pero lo veo inviable. Bueno, lo pensaré, pero no te prometo nada.

—Es un libro en cierto modo didáctico, rígido, no es para todos los públicos, no sé yo si el esfuerzo que requiere dará frutos, pero tampoco me preocupa mucho. Me salió ese espíritu de docente que siempre tuve y me lancé a un trabajo sin saber cómo y dónde llegaría.

Pero es que cuando estoy contigo me sale la faceta narrativa, es por tu culpa, tú me enseñaste lo poco que sé de eso. ¿Recuerdas cuando me corregías los diálogos? Tenía una sensación de plenitud absoluta, tenía la mejor correctora del mundo, no dudaba jamás de aquello que me indicabas, sabía que era pisar firme.

La literatura es un laberinto que se nutre de las pasiones y tú eres un compendio de pasiones desbordante. Y aun dices que me tienes que agradecer algo, yo pienso que es justo al revés. Está muy claro.

Las pasiones es aquello a lo que nos aferramos para sentirnos vivos, los deseos incluso cuando éstos sean inalcanzables.

Las pasiones nacen del propio latir de nuestro corazón que excita las neuronas cerebrales y éstas deliberan lo que hay que hacer, aunque sea algo inaceptable.

Las pasiones no entienden de nada más que de su propósito y pueden desencadenar obsesiones que rompan otros sentimientos.

Si el amor circula por distinto camino del de las pasiones, entonces el amor cede terreno y se apaga, salvo que esas pasiones desemboquen en un nuevo amor.

El dilema es determinar dónde empieza una cosa y dónde acaba la otra. Tal vez sea una de las grandes incógnitas de la existencia.

Solo desde la distancia y tomando perspectiva es posible analizar esta dicotomía, nunca desde cerca.

Mirar hacia dentro es la respuesta, pero...

¿Estamos preparados para mirar hacia nuestro interior? O es más fácil no hacerlo y dejar a lo que llamamos azar o destino nuestra vida futura.

La claridad está ahí, siempre presente, sin embargo si no la queremos ver, no la veremos. Ese es el objetivo de una vida, querer o no querer ver. Ver es a veces muy duro y quita las ganas de vivir, y no ver es lo mismo pero sin ser del todo conscientes de que el camino es el mismo.

Esta reflexión sobre las pasiones viene a consecuencia de lo difícil que es la pasión desde el punto de vista de un poeta y el de una persona más cercana al racioncio practicida. Son dimensiones tan distintas que uno puede considerar que el otro está equivocado o incluso loco.

Cada vez tengo menos vida, pero más capacidad de pensar y sobre todo de amar, que es la solución a todas las incógnitas e incertidumbres.

—Bueno, me estás llevando a tu terreno, y no quiero, porque ya te digo que no sé si esta vez podré acompañarte en esa aventura.

— ¿Así que te gusta mi trabajo, no? Yo creo que nací para esto, fue por el azar, no lo esperaba, y hoy me siento plena Emilio, satisfecha y feliz.

—Tu mirada es fiel reflejo de ello, o tal vez sean mis ojos, pero te digo que nunca los vi brillar como ahora.

—Es hora de descansar amor, ¿nos tumbamos en la cama?

—Sí, sí, por favor.

Al ver la habitación, de nuevo un sobresalto, el corazón latía como si quisiera salirse de mi pecho. Aquellas lucecitas de colores, testigos de tanta pasión seguían ahí, firmes, impertérritas. Me quité los zapatos, y el roce de aquella manta que se paseó por los pasillos antes de una decisión firme de comprarla era como volver a la calidez, al abrigo que sentíamos con ella en los fríos inviernos.

—Alexia, por Dios, que sensación, parece que no haya descansado desde hace siglos, no te extrañe que me quede dormido.

—Pues duérmete mi amor, no tenemos ninguna prisa, nadie nos espera.

Pero no, era imposible, la cabeza me daba vueltas y vueltas, la añoranza, el recuerdo se paseaba a sus anchas y ocupaba toda mi mente. No pensaba, soñaba, soñaba que el mundo se había acabado y que nacía de nuevo, era una serie de imágenes que recorrían los más escondidos archivos de mi memoria. Acuciantes, perpetuados en el tiempo e imborrables.

El silencio se hizo protagonista, la sentía, noté que dormía, el cansancio había hecho mella, pero sentí también su placidez, era otro de sus encantos. Intenté hacerme el dormido, pero no podía, estaba más despierto que nunca, la miraba, la sentía tan cerca de mí como ya no recordaba.

Creí que hablaba con ella, pero no lo hacía, estaba hablando conmigo mismo. Aquella pregunta me hizo que pensar… Noté un cierto grado de temor. Quería subsanar todo aquello que pudiese inquietarla…

Nunca temas a aquel que te abrió su corazón para alojar en él sus más puros sentimientos, y que con sus manos abiertas te amó hasta morir de amor por ti.

Nunca temas a aquel que hizo de la noche vigilia para retar al cielo a cara descubierta, sin reparo, y que bajo al infierno para ahuyentar a los demonios por ti.

Nunca temas a aquel que conoce tu verdad y la hizo suya para poner el alma en todo lo que tocas, y que se armó de valor, de coraje y sinrazón para luchar por ti.

Nunca temas a aquel que reconoce la verdad y la ampara de la mentira piadosa, de las medias verdades, pues en sus ojos está escrito que cree en ti.

Nunca temas a aquel que llora cada noche por no poder acariciar tus encantos, y no vive de día al saberte lejos, pues en su apagado rostro se lee... por ti.

—Cariño, ¿estás dormido?

No le contesté, no quería interrumpir su sueño, y volvió a dormirse.

Me pareció oportuno, callar no es mentir, es otra cosa, en ocasiones es mejor callar si no se tiene algo que mejore el sonido del silencio. Estas palabras las leí, no son mías, pero tampoco recuerdo de quién. Esta vez me las apropio.

El insomnio se presenta cuando quiere de forma aleatoria y caprichosa. Me vino a la mente un poema, un endecasílabo al más estilo Bécqueriano, tuve que atenazar los versos, no era cuestión de levantarme y romper el merecido descanso de Alexia.

Todo mi entorno se mueve en la poesía, es algo inevitable, se puede definir como obsesivo, pero es lo que hay.

Pero conseguí plasmarlo en mi memoria, más tarde lo convertiría en eterno al plasmarlo en un nuevo texto en mis notas.

Bajarán las intrépidas mareas
al fiel cauce de su curso en el mar,
y fraguarán las aguas de los sueños...
...volando... soñarás.

Más el gris parpadeo de tu risa
encantos que un día pude mirar,
las envidias y los infames llantos...
... esos... ¡no soñarán!

Bajarán los ángeles de su cielo
y ahí en tu regazo poder besar,
el dulce rostro digno de una diosa...
...esos... acudirán.

Más aquellas crudas noches de invierno
de lamento, de incierto despertar,
que cercenaban lindos, bellos sueños...
...esos... ¡no volverán!

Bajarán los amores a tus ojos
para con su astucia hacerte vibrar,
y tu corazón desnudo en la ausencia...
...puede querer volar.

Más rendido a ti, prendido en tu esencia,
como integrado en tu lecho de amar,
así como yo te he amado..., olvídate,
nadie te podrá amar.

———————

Por otra parte no se me iba de la cabeza lo de la novela, tenía los argumentos para hacer una obra con coherencia, y eso me empujaba a lanzarme a la nueva aventura, puede que considerara que formaba parte de ese nuevo amanecer que ya estaba presente en mí.

ropa interior y me vestí únicamente con el vestido... no te cuento más porque…

Me desperté de golpe... comprobé que todo había sido un sueño... es decir un sueño dentro de otro sueño.>

—Y me he despertado de verdad, tú dormías, te he preguntado y no has contestado. Pero me he vuelto a dormir, y a soñar otra vez. Esta vez ha sido peor, una especie de sentimiento de culpa muy extraño. Fíjate que hablaba como tú, no sabía de dónde procedían esas palabras, porque eran impropias de mí, estaba sumergida en ti.

Decía…

<La culpa es un sentimiento tan poderoso como complejo, por su origen y también por la multiplicidad de factores psicológicos con los que se relaciona e interactúa.

Las emociones desempeñan un papel adaptativo. Cuando la culpa actúa de esta forma... es decir cuando la culpa es adaptativa, su función es reconocer los errores y poner en marcha conductas de ajuste y reparación. En este caso, la culpa nos ayuda a no transgredir ciertas normas y códigos éticos, digamos que enciende un «aviso» que nos previene de cometer errores que podrían tener graves consecuencias.

El sentimiento de culpa está, en general, acompañado de emociones displacenteras como tristeza, angustia, frustración, impotencia o remordimiento, entre otras, y de pensamientos reiterativos e improductivos; y funciona de un modo diferente según su origen temporal.

—No será una abducción, nunca me ha pasado, y me da miedo.

— ¿Miedo, por qué? Si eso tiene una coherencia absoluta.

— ¡Ay! No sé… hay cosas de estas tan filosóficas que no acabo de asimilar del todo.

—Bueno, yo entiendo que llevamos horas juntos y te has impregnado, sí, esa reflexión vida mía es mía, habla del concepto del bien y el mal y continúa diciendo que…

<Podemos sentir culpa por:

Algo que hicimos o no hicimos (pasado)

Algo que no estamos o estamos haciendo (presente)

Algo que vamos o no vamos a hacer (futuro)

La culpa es un mecanismo en el que, a partir de un acto u omisión, realizamos un "juicio moral" de nuestra conducta (incluso de nuestros pensamientos) y "dictaminamos" que hemos cometido un error y deberíamos tener un castigo.

En el proceso de la culpa influye lo que podríamos denominar conciencia moral, un conjunto de normas y valores que hemos construido desde la infancia, para diferenciar el "bien del mal", y que nos permite establecer los límites, a nuestra conducta y a nuestros pensamientos.

Cuanto más rígidas sean esas normas, más fácil será considerar que hemos sobrepasado los límites y aparecerá con más frecuencia el sentimiento de culpa.

He de decir que en este "proceso", tenemos a una tendencia a declararnos culpables y que suele imponer castigos demasiado rigurosos. Este juez, somos nosotras y nosotros mismos.>

—Y sigue ¡eh!, eso lo has leído hace mucho tiempo, hasta es posible que lo hayas incluso pasado a algún libro en aquellas correcciones que hacías. Es un torbellino de ideas seguramente debido al cansancio, no te preocupes.

A veces retenemos en la memoria cosas de las que no tienen importancia, pero están en el subconsciente y pueden aparecer en los sueños, solo ahí. Algo que te impresionó, o que te hizo sentir algo y que no está en tu memoria activa. Solo utilizamos una parte mínima de nuestro cerebro, la mayoría está inactiva, pero no quiere decir que no exista.

— ¿Y tú, has soñado? Tú eres un soñador.

—No, no, no he soñado, pero ¿quieres que te cuente un sueño? Lo tuve hace ya mucho tiempo, pero mucho, pero es de aquellos recurrentes, aparecen de vez en cuando, especialmente cuando estás triste y el cerebro rescata algo que te sane un poco esa tristeza.

—Verás…

<Hoy recibí una llamada desde el cielo... y el cielo me dijo:

Que las ilusiones y los deseos así como los éxitos... se basan en el amor. Todo lo que se hace con amor triunfa, sin duda. Incluso el famoso dicho "por amor al arte", su significado es que no hay beneficios pero en cambio sí hay éxito.

Hoy recibí una llamada desde el cielo... y el cielo me dijo:

Que hay una nueva estrella en el firmamento y está llamada a ser la que más brille. Que su éxito está basado en su amor, ese sentimiento que se ha revelado en ella y su brillo cada vez es más esplendoroso.

Hoy recibí una llamada desde el cielo... y el cielo me dijo:

Que mañana estaré en el cielo, porque estaré con mi estrella. La que brilla en mi corazón y me da la vida. Mañana una vez más triunfará el amor. Mañana estaré con mi estrella.

Todo será un éxito.>

—Este sueño lo tengo muy a menudo, y hay cosas que ya se han cumplido, se puede comprobar, no desaparecerá hasta que se cumplan todas.

—Es un sueño muy bello Emilio.

—Sí, es cierto, así es.

—Bien, ahora que estamos tranquilos… hay una cosa que siempre quise preguntarte. ¿A qué se debían aquellas incertidumbres que en ocasiones te atormentaban?

—Te refieres a las inseguridades, en relación a eso, te diría que ahí si radica la diferencia de edades, me explico. Las sociedades son cambiantes, diríamos evolutiva, esto último merece matizarse. La evolución es el avance de las sociedades, sin embargo no siempre ese avance es evolutivo sino más bien opresivo. Existen guiones, "los poderes", sería muy difícil quienes ostentan los poderes, pero creo que está claro.

En cierto momento el prestigioso sociólogo Bauman, planteó la idea de la modernidad y la definió como un estado líquido, fluido y volátil de la actual sociedad, sin valores sólidos, en la que la incertidumbre por la vertiginosa rapidez de los cambios ha debilitado los vínculos humanos. Esto a veces no nos lo plantemos, precisamente por el propio fenómeno.

Hablamos de la cultura de la inmediatez, del consumo fugaz y momentáneo favorecido por las nuevas tecnologías, las redes sociales y la capacidad de poder obtener cualquier cosa en cualquier momento o lugar, desde cualquier dispositivo móvil.

Los valores sólidos son aquellos que vienen estructurados y arraigados en la persona, aquellos irrompibles. Y los valores líquidos son aquellos menos arraigados en la persona y que se pueden moldear o llevar a otros procesos.

Las personas tienen una individualidad propia, sin embargo, también establecen vínculos afectivos con otras personas. Crean relaciones interpersonales que derivan en vínculos sociales, conexiones que pueden ser de distinto tipo. Cada vínculo social requiere de una reciprocidad propia. Y aquí está la incógnita, equilibrar la solidez y lo que puede ser efímero es la clave para establecer el grado de complicidad de una relación de cualquier tipo.

No estoy hablando de personas concretas, sino del propio fenómeno al que están sometidas sin saberlo.

Por último y definitivo, destacar ese respeto a lo que significa la individualidad, es decir el espacio inaccesible e íntimo de cada uno. Pues de lo contrario, se trata de un sometimiento y por tanto de la pérdida de la libertad individual.

Aquí puede radicar la causa de mi gran error, atender a ese valor que entiendo como sólido de la individualidad, y con ello poner en riesgo el de la libertad. Este análisis, como es lógico me lo he planteado infinidad de veces, y aun tratándose de un error, sostengo la idea de que antepuse ese concepto de libertad individual, por encima de mis ideales y mis anhelos.

Es el verdadero sentido de un amor, el sentimiento más poderoso rendido a su propia esencia de amar por encima de amarse.

Parece impensable que el arraigo ancestral siga teniendo tanta vigencia hoy en día. Pues nada más cerca de lo cierto, así es.

Los tiempos han cambiado, pero las mentes no, el concepto de propiedad privada es para lo material, no para lo personal. Nadie es dueño y señor de nadie, eso pensamos, pero no lo respetamos. Mi coche, vale, mi dinero, vale, mi casa vale. Pero mi mujer... no vale.   Esto no. Cada uno es propiedad de sí mismo, hombre y mujer. La vida es corta, pero no es una condena, sino puede parecer muy larga y querer darle fin de forma precipitada. Ya sabemos de qué hablo. Y si es corta, conviene vivirla, y vivir nuestra vida, no la de otros. El sacrificio solo tiene sentido cuando es recíproco, sino es otra cosa. Uno de los mayores pecados capitales es el egoísmo, en realidad es innato en el ser humano, pero ese egoísmo no es proyectable a someter a otro a nuestro egoísmo. Es lo más alejado que veo al amor, incluso a la amistad o a cualquier relación del tipo que sea.

Tal vez estamos hablando de libertades y de la pérdida de ella por motivos siempre injustificables. Sí, es eso, sin duda. "Ande yo caliente, y ríase la gente". Este dicho antes tenía un significado, pero ahora no. Llevar un abrigo anticuado y hasta rozando el ridículo era frecuente en según qué épocas donde había carencias. Pero hoy el sentido es distinto, me importa una m.... los demás, solo me importo yo y nada más.

Este es el sentir del egoísta moderno, el nuevo tirano. Pensemos en eso fríamente y veremos que es así.

Para mí es la antítesis del amor, y ya no hablo de parejas, matrimonios ni nada, también de padres e hijos y por supuesto de hermanos y amigos.

—Me dejas de piedra Emilio, rendiste tu amor por amor a mí. Pero eso es casi impensable, no fueron las vicisitudes, el recato que tuvimos que mantener para evitar malos entendidos y que pasara el tiempo y para que todo se pusiese en su sitio. No fue eso, ibas más allá de todo eso... Bien, ¿y ahora qué es lo que piensas? ¿Crees que esa situación ya no existe?

—Es evidente que no, con el transcurso del tiempo llegué a considerar la necesidad de deshacer el camino, volver, pero no me atreví.

— ¿Y qué te freno?

—En realidad todo, no sabía si habías rehecho tu vida, que por otra parte era del todo lógico, mi cobardía me impedía darme cuenta de que todo se había acabado para mí, que se había desmoronado todo aquello por lo que luché.

Solo había una esperanza, y eso era cosa tuya. Cuando recibí tu llamada, las manos me temblaban, apenas podía sostener el teléfono, mi corazón latía al borde del colapso.

—Bien, bien, bien… Ahora lo entiendo todo, y me dices que yo te sorprendo y resulta que me das unas lecciones de vida que a veces no logro asimilar de golpe. Pero ahora me toca a mí. Como sé que me conoces, sabes bien que mis puntos no son punto y seguido, ni siquiera punto y aparte, son punto final. Eso lo sabes, en cambio contigo no hubo ningún punto final nunca.

Ahora yo te propongo…

—Es la letra de un bolero, ¿no?

— ¡Emilio! Yo te propongo que abras esa papelera de reciclaje de la que hablas a veces y la vacíes de contenido, que nunca más tengas acceso a ningún contenido. Y que reinicies tu equipo, yo haré lo mismo. Que rompamos con el pasado de todo aquello que no nos conviene y empecemos un nuevo proyecto, eso que tú llamas, un nuevo amanecer.

¿Estás dispuesto a hacer eso? Podemos pensarlo, no hace falta precipitarse, y te digo que es la primera vez en toda mi vida que me vuelvo hacia atrás y rescato algo que quedó y que por mi forma de ser jamás volvería a ello. Llámale orgullo o llámale como quieras, pero lo cierto es que en mi corazón siempre abrigué la esperanza de que lo nuestro no había acabado. Y hablando de orgullos, he de decirte que soy yo la que me siento orgullosa de ti, de tu forma de ser, de tu espíritu noble y de la capacidad para hacerme sentir amada.

—Bueno, con tanta charla, está anocheciendo, y todavía tenemos tiempo de arreglarnos y buscar un lugar para aquello que nos quedó pendiente hace tiempo, una cena con velitas para dos… pero en un restaurante, aquí tiempo habrá de hacer las que nosotros sabemos hacer. Además, hace tiempo que no tengo el placer de sentirme orgulloso de llevar a mi lado a la estrella más brillante del universo.

—Pues ya sabes que a mí esas propuestas tan tentadoras, son de las que no me puedo negar. Y va a ser una competición de orgullos, pues yo iré con el hombre más maravilloso de ese universo del que hablas.

El orgullo tiene dos acepciones, uno es la estimación hacia uno mismo y hacia los propios méritos por los cuales la persona se cree superior a los demás. Si hay exceso es soberbia, engreimiento y altanería. Sino, es ese sentimiento de satisfacción hacia algo propio o cercano a uno que se considera meritorio. Y entonces el orgullo es sano.

—Pues, adelante, no hay más que hablar. Bueno sí, un momento, falta algo…

—¿Qué?

—Que te amo.

—Qué bobo, siempre pico. Ja, ja, ja. Escucha, hay un restaurante nuevo en Sitges, podríamos probar, ¿no te parece?

—Y tanto, todo nuevo, todo por estrenar. Hasta un nuevo amanecer.

CAPÍTULO 12

Habíamos forjado una vez más el escenario perfecto para instalar nuestros objetivos, el hogar era la base de operaciones y nuestros sentimientos las armas con las que luchar contra la insensatez y la desdicha.

La carga emocional invadía nuestros corazones, volvíamos a ser aquellos que fuimos, no nos importaba nada más.

La vejez, el miedo a los achaques y todas esas cosas que pueden truncar una vida, las veíamos lejos de nosotros, nuestro antídoto era seguir amándonos y eso era síntoma de salud.

Dicen que la vejez es la que habita en tu corazón, y es relativa. Cada persona envejece de una manera; no todos envejecemos a la misma velocidad, ni somos física ni mentalmente iguales, ni nos afectan de la misma manera las circunstancias que nos rodean; compartimos un ciclo vital, con las características específicas que lo definen, pero también con unas características intra-individuales que nos hacen vivir la vejez de un modo diferente.

La vejez es algo que nos llegará a todos, si somos afortunados. No hay nada triste o extraño en ello. Después de todo, envejecer es algo hermoso ya que literalmente representa una vida vivida.

Otra cosa es enfrentarse a la realidad, cosa que por otra parte tampoco nos asusta, pero los espejos son traidores, como los objetivos de las cámaras, fríos, descarada mente objetivos, no dan tregua a forjar imágenes fantásticas, es puro realismo, y duele.

La juventud es la frescura, el ímpetu de abrazar la vida, y la vejez el abrazo que se rinde a esa vida que recorre un itinerario plagado de todo, alegrías y tristezas, triunfos y fracasos.

Es la hora del balance, y ha de cuadrar, siempre cuadra, el objetivo es que sea positivo, que no haya cuentas pendientes. Que los activos sean coherentes con aquello que fue una obligación, amar y ser amado, ese el resultado final de un éxito en la vida. Lo demás es parafernalia, decoraciones que intentan disimular tragedias y sinsabores.

Que las páginas en blanco sean blancas y sin manchas, y que las escritas reflejen lo que realmente fue realidad, sin tachones, sin mentiras piadosas.

Me sumerjo con facilidad en mis asuntos internos, es un obstáculo para la interrelación, pero no con ella, tenemos abstracciones distintas pero compenetrarles,

—Emilio, por favor, arréglate que se nos va a hacer tarde.

—Sí, sí, voy enseguida.

Entré en el cuarto de baño, al mirarme en el espejo, no me reconocía, mi semblante había permutado, sentía pesadez en el cuerpo, fue como un bajón, como un globo inflado que libera el aire, pero ese vaciado era realmente lo que me llenaba, me sentía pleno, como hacía ya mucho tiempo. Mi cepillo de dientes era el verde, no podía ser otro, y seguía ahí, estaba sin estrenar, lo recuerdo, pero sabía que era el verde. Las toallas eran como cuando te encuentras a un familiar al que no ves desde hace mucho. Y el perfume de un ramito de romero me recordó los bellos momentos vividos.

No me importa ya ser egoísta, y lo voy a ser… ahora me toca a mí, pero será un egoísmo conjunto, de dos. Siempre dije que nada me importaba nada que no fuese ella, ahora lo convertiría en ese egoísmo salvaje que nos conduzca de nuevo a nuestra felicidad.

— ¡Emilio! ¿Te falta mucho? Tengo que entrar.

—No, no, enseguida estoy. Ya, ya puedes… por cierto, ¿qué me pongo?

—Cariño, tienes tu ropa en el armario, pero bueno, ¿es que no te acuerdas? Lo dejaste todo aquí.

— ¡Ah! Pues no, no lo recordaba. ¡Vaya! Es verdad, ya decía yo… claro, si apenas me vestía desde yo qué sé cuándo.

— ¡Emilio! Ponte la americana azul, ¿vale?

—A sus órdenes. ¡Hombre! Mi americana azul, está si la busqué, y resulta que estaba aquí. Y esta colonia, esta es aquella que huele a hombre… ja, ja, ja. Me pondré un poquito.

Alexia, estos espejos, de todas formas no reflejan la realidad, parecen aquellos espejos de la risa de un parque de atracciones. Me veo delgado, enjuto diría.

—Estás muy delgado Emilio, no te lo he dicho, pero estás muy delgado, a saber el orden de comidas que hace tú. A partir de ahora yo me encargo de ti.

Estaba ruborizado, parecía esas bronquillas que da una madre a sus hijos, me volví a mirar y tuve que darle la razón, estaba realmente delgado.

Empezaré esta misma noche, un régimen inverso, no sé si se puede decir así, un cebado vamos, pienso comer como un... un... bueno ya veremos.

Me pesaría, pero mejor no, no quiero ni saberlo.

Ahora recuerdo aquello de...

< El peso de la carga es el valor objetivo de una cosa.

¿Cuánto pesan los sentimientos?

¿Existen básculas o balanzas para medir eso...?

¿Cómo se miden o valoran los sentimientos?>

—Ya estoy lista Emilio. Cuando quieras. ¿Qué estabas pensado? ¿No estarías otra vez...?

—No, no, no, no… solo estaba pensando en ¿cuánto pesaría? Pero no quiero ni saberlo. Y dime, en ese restaurante que dices… ¿es de carne, pescado, o cómo va la cosa?

—Lo que quieras Emilio, lo que quieras, tienen de todo, mi amiga Carlota me lo ha aconsejado, y esa no falla.

— ¡Ah! Vale, vale… muy bien. Mantienes la amistad con ella veo.

—Ya lo creo, somos amigas de verdad. Ya sabes que no soy de tener muchos amigos pero los que tengo son amigos de verdad.

—Pues eso es muy importante, tal vez una de las cosas más importantes, fíjate lo que te digo.

—Sí, sí, eso lo tengo muy claro. Sabes lo curioso es que también mantengo la amistad con su exmarido, están separados hace mucho tiempo ¿recuerdas? Vive aquí cerca y nos turnábamos para llevar los niños al colegio y también con su pareja.

—Sí, sí, claro que me acuerdo es la casa de referencia para girar cuando vienes del pueblo, ja, ja, ja. Es inconfundible.

—Vale, vamos para allá, quiero coger una mesa junto al puerto, y son las primeras que se ocupan. ¡Ah! Y una cosa quiero decirte…

—¿Qué me amas?

—No, quiero decir, sí. Quiero que seas feliz, ¿vale?

—Hace cuarenta y ocho horas que me subí de nuevo a ese tren en marcha, y no pienso bajarme en ninguna estación, voy hasta el final.

—Sube al coche, en cinco minutos estamos allí. Esta noche ¿qué tema toca? No quiero discursos ¡eh! quiero verte comer, que te conozco.

—No, no, nada de discursos, voy a cenar y mudo.

— ¡Hombre! Tampoco es eso, pero ya me entiendes.

—Hoy podríamos hablar de nosotros, pero con los ojos. ¿Qué te parece?

— ¡Ah! Muy bien, sí.

En ocasiones nos gusta comportarnos como niños pequeños, y jugar con la vida. Es muy saludable porque despierta ese niño que llevamos toda la vida dentro de nosotros.

Cuando veo en un restaurante algún matrimonio, generalmente de una cierta edad que no miran más que al plato, y el resto de miradas son hacia los alrededores, no se dirigen ni la palabra, me parece muy triste, es un estancamiento Tal vez seamos nosotros hoy los que hagamos eso… No, no, no… nosotros nos miramos, es al contrario, no vemos apenas a los de alrededor.

—Pues sí, haremos eso… mirarnos y comer y después en casa traducimos lo que hemos visto, ¿vale?

—Estás juguetón… me encanta verte así. Mira es ahí.

— ¡Ah! Tiene buena pinta sí. ¡Vaya! Tu amiga tiene buen gusto.

—Aquella es nuestra mesa… vamos.

—Sí, cuando le echo el ojo, ya no quiero otra. Es para nosotros.

—No lo pongo en duda, ya puede estar reservada ya… que contigo se acabó la reserva y lo que sea.

—Calla tonto. Ja, ja, ja.

—Buenas noches señores… Ustedes dirán…

—Para cenar, sí.

—Perfecto, aquí tienen la carta, y después les indico las especialidades.

—Nada, ni pensarlo, que nos clavan... ya elegimos nosotros, ¿no?

—Y tanto, eso de las especialidades es un rollete que está muy visto ya.

—Mira Emilio, mejillones... ¿Qué tal?

—Sí, sí, ya lo creo.

—Y después algo de carne, ¿no?

—Vale, sí, lo que tú quieras. Yo tengo hambre ¡eh! No es broma.

— ¡Hombre! Menos mal, me alegro vida.

—Un vinito Alexia, elige tú. Si puede ser catalán, mejor, pero el que tú veas.

—Lo tengo clarísimo, el de la casa, sea de donde sea.... Ja, ja, ja.

—Vale, de acuerdo.

Una velada es siempre apasionante con ella, y no lo digo yo, cualquier persona ve su brillo estelar, se hace notar, su presencia es la elegancia y la exquisitez, su educación y su delicadeza a trapa y seduce.

Estoy cumpliendo mi palabra, no articulo ni un vocablo, solo muevo los labios para masticar, mis ojos tienen que hacer malabares para coger lo del plato, porque mi mirada está clavada en sus ojos.

El camarero nos mira de extrañado, debe pensar que somos de esos que no hablan, no sabe lo de nuestro pacto que ahora es un juego.

— ¿Qué tal señores, todo a su gusto?

—Sí, sí, estupendo, gracias.

Ves, no entiende que nos hayamos quedado mudos. Mira y mira.

Casi meto la pata, iba a preguntarle algo a Alexia, pero no, he reaccionado a tiempo.

Sonríe, está metida en el juego, no fallará no, ella no. Yo también sonrío, no lo puedo evitar. Lo que también es inevitable es la inspección ocular del establecimiento, es algo automático. La decoración es exclusiva, diría que con buen gusto, funcional y acogedora.

Todo tiene su contrapunto, y la decoración de un local lo tiene, conjugar los parámetros para conseguir varias funciones no es fácil.

Mira si es lista me indica con gestos que está todo muy bueno, ja, ja, ja. Yo le respondo asintiendo con la cabeza. Esta noche nos vamos a reír.

Un enorme solomillo frente a mí, me hace tragar saliva, pero vengo predispuesto, la verdad que se ve apetitoso. ¡Madre mía!

En otro momento mis neuronas estarían brincando, analizándolo todo, pero hoy no, me siento relajado, tranquilo y estoy en compañía de la única persona que realmente sabe hacerme feliz.

No sé si estará leyendo esto en mis ojos, luego lo sabré. Está realmente hermosa, radiante, es un talismán, mi talismán.

El otro juego es el de las palabras que gozan de la vida eterna, indelebles y furtivas, que dibujan sonrisas o que acompasan tonos de música dramática.

Es el juego de la vida que goza de las palabras no pronunciadas, pero escritas para sellar sentimientos y abrigar ilusiones.

Es el juego del amor que goza de cuerpos y almas para dar fe y sembrar el camino de los anhelos de los amantes.

Es el juego de palabras, vida y amor que conjugan y configuran historias que nunca saldrían a través de unos labios, sin embargo lo hacen por el balcón de las plumas asomadas a un papel que ya no será nunca un papel en blanco.

—Fin.

— ¿Fin?

—Fin del juego Emilio. Te lo has comido todo, estoy muy contenta.

— ¡Ah! Pensaba que faltaba el postre. Ja, ja, ja.

—Claro que falta, eso no cuenta, es que van a pensar que estamos peleados.

— ¡Sí hombre!, esa cara tenemos nosotros Alexia, de estar peleados.

—Ahora daremos un paseo por el muelle Emilio, ¿no quieres ver los veleros?

—Sí, sí, y luego para casa, tengo ganas de volver a sentir todo aquello, es como una sanación para mí.

—A ver si estás confundido y estás enamorado de la casa y no de mí.

—Sí hombre, bueno de todo, pero si esa casa eres tú vida mía. Por eso me gusta.

—Hablando de casas, mañana tengo que ir a Canyelles, ¿te acuerdas de Canyelles?

—Sí, claro, fueron tus primeros pasos, y allí ya noté que estabas en tu salsa, eso me tranquilizaba mucho.

—Pues mañana vamos allí, tengo unas edificaciones en marcha y alguna cosa más. Comeremos en casa. Y luego trabajaré desde allí, Bla, bla, bla… todo teléfono, son unas conversaciones eternas, la gente te pregunta de todo.

—Y tú te lo manejas a la perfección. Muy bien.

— ¡Ah! Por cierto, la semana que viene iremos a ver un coche.

— ¿Un coche?

—Sí, estoy a punto de comprar un coche. Un Range Rover. El coche de mis sueños.

— ¿Y el chiquitín? Perdón, el tuyo.

—Ese se queda ahí, lo usaré para trabajar y el otro para viajar. Tenemos unos cuantos viajes pendientes creo recordar.

— ¡Ah! Es cierto, unos cuantos, sí, kilómetros tenemos por delante. El primero a Cádiz, eso es indiscutible, si hice un soneto aquella vez que estuvimos a punto de ir…

Cádiz querido.

Cádiz de mis amores
cuándo volveré a ver
tus jardines y tus flores
que invitan al querer.

A quererte día y noche
pues un bello amanecer

216

es siempre un derroche
que no se puede perder.

Cuna y remanso de paz
de poetas y cantores
a ver si soy yo capaz.

De sentir esos colores
de ser allí el capataz
de mi jardín y mis flores.

———————

Mira ahora que pienso, soñábamos esas cosas cuando escribí esto, fue en aquel famoso confinamiento tan extraño... Una etapa de erotismo, pero en realidad de amor en sentido amplio.

<La asfixiante mascarilla que he elegido hoy, no me deja ni ver las estanterías del supermercado, me guía la intuición, y sobre todo ella, que es mucho más efectiva desde luego. Curiosamente nos fijamos en unos chorizos criollos, nada más lejos de lo que yo creía, ni tan cerca, pues resulta que no son argentinos como tenía entendido. El chorizo criollo se caracteriza por la mezcla de carne molida de cerdo y carne molida de res, condimentos, especias y el tocino para darle el toque final. Resulta ser asturiano, algo que

desconocía, ahora entiendo porque estaban tan buenos. En fin, esas patatas nos debían haber dado la pista y elegir unos pimientos asados fue el mayor acierto. Pero ya dicen que los ojos comen más que la boca, y todo parece poco, y aún más cuando quiero deleitar a mi amor con un aperitivo de los que damos señas en nuestros relatos. Sí, ya veo que rehúye de los crustáceos, sin duda sabe lo que me conviene, gustarme me gustan, pero son incompatibles con mi organismo. En cambio los moluscos y similares son mi pasión. Eso acompañado con lo que adorna un verdadero "vermut" llamado así por la presencia de esa bebida de la que no disponen en este lugar, chips, aceitunas y cebadas aderezas con lúpulos y un color rosa en un tónico servirán para completar el evento. El agua ni la nombramos, tampoco el pan. Sin embargo, con pan y agua tendría yo suficiente estando con mi quería esposa.

Al llegar al exclusivo apartamento, nos damos cuenta que hemos acertado también, es una maravilla que nos servirá para un día más maravilloso todavía.

Lo primero es cumplir el deseo de darnos un abrazo que quedó pendiente ayer, aunque lo sentimos virtualmente.

Nos sincronizamos a la perfección, no necesitamos ni hablar, somos un equipo para todo. Nos acomodamos en el que puede ser el piso piloto de otro que tenemos a tiro. Es el prototipo de aquel que vale una independencia, ni más ni menos.

Una distendida y amena charla da lugar al que empiece a sobrar la ropa, no nos la quitamos, parece que se cae por sí sola. Nos espera una espléndida cama, que en realidad son dos pero está hábilmente vestida para ser matrimonial. Y ahí vamos, la sensación de sentirnos juntos bajo las sábanas es inexplicable, nuestras manos recorren nuestros cuerpos, tal vez para dar fe de que no es un sueño, estamos juntos.

Las actividades amorosas son indescriptibles, y quedan en nuestra intimidad. Digo amorosas porque hace tiempo que no practicamos sexo común, lo nuestro va mucho más allá y eso nos lleva a nuestro cielo particular. Volamos por él, una y otra vez, no nos cansaríamos nunca. Como siempre el mismo enemigo, el obstinado tiempo y llega la hora de comer, y es la española, no la nórdica. El aperitivo nos deja además de satisfechos, con una sensación de placidez inmensa. No tenemos hambre ya, los criollos deberán esperar. Pero sí tenemos apetito, el escenario nos llama, somos los protagonistas de un amor que parece no tener fin, y no lo tiene en realidad. El poeta tiene las métricas en alza, y la narradora argumenta con sus encantos una obra maestra, que más se puede pedir, pues que dure para siempre, nada más que eso.

Ahora sí, es el turno de los chorizos, ¡Viva Asturias! O puxe como dicen allí, porque los criollos están de vicio. Exquisitos de verdad, y una elección acertada como digo.

Magnífica comida y magnífico día, la lluvia nos ha respetado, no nos hubiese importado que lloviese, incluso lo hubiéramos celebrado. La cautela ha hecho que no traiga su bañador, una hermosa piscina estaba preparada para recibir a la bellísima y gran nadadora.

Nadamos en la abundancia, pero no tanto en materia económica, sino en los quereres, los cariños se pueden tocar con los ojos, mirar con las bocas y gritar con los dedos.

La tarde es el triplete, como los grandes actores, tres sesiones y no hay descanso, aquí reina el amor y el deseo campa a sus anchas, para qué tener veinte años si tenemos más potencia y técnica de unos neo-amantes. La musa muestra ya signos de plenitud, empieza a estar llena, lo que no sabe lo que me llena a mí, me llena de felicidad.

Solo nos queda la esperanza, aquella amiga que creemos tener siempre al lado y en ocasiones nos nutre…

La espera…

Cabalgan exhaustos los jinetes
que portan aquella buena nueva
escondida dentro de una cueva
para desatar nudos y trinquetes.

La mar nos espera, no te inquietes,
para ponernos de nuevo a prueba,
que no es buen amanecer si nieva,
el sol brillará y después unos filetes.

Que nos llenen ya ésta barriga
estremecida, enjuta y dolida,
ya verás que bien nos abriga…

…mi amiga la esperanza vida,
un saco de trigo quita la fatiga,
y uno de arroz ya es comida.

_____

Quise decírselo antes de que el sueño nos atrapara, no pude resistirme...

—Alexia, amor mío, recibo pedacitos de cielo, polvo estelar cuando estás a mi lado, y me impregno de ti cuando tu mirada me acaricia y mi piel se reviste de juventud.

No es una simple sensación pasajera, pues el inexorable tiempo marca las pautas para que algo se perpetúe. Y el tiempo ha ido pasando y lejos de borrar y disipar cualquier atisbo de disminución es al contrario, es expansión pura.

Y es que solo respiro si el aire llega procedente de tu esencia, y solo como lo que tus manos tocan, y solo duermo para poder soñar contigo, y solo vivo porque tú necesitas que lo haga.

Las palabras se las lleva el viento, pero los hechos se graban en el libro de lo imborrable. Y todos los hechos apuntan al mismo sitio, ese que tiene un gran letrero con letras de neón que pone FELICIDAD.

— ¡Vaya! Se ha quedado dormida... Buenas noches, mi amor.

No importa, me siento bien…

Soy el capitán de un buque llamado Imperfección y navego por los mares en busca de alcanzar el cielo porque el mar se junta con el cielo en un horizonte.

Soy el jinete de un caballo llamado Sueño y galopo por la ensoñación de los campos donde todas las flores miran al mismo sol que es el hogar del amor.

Soy el poeta de un amor llamado Futuro, y tiene apellido Perfecto, y mis letras se dirigen hacia él sin mirar atrás, pues las palabras se convierten en realidad.

Soy esa corriente de un río que se cristalizó en estatua de sal y perpetuarse para mirarte.

Soy esa gaviota que paro sus alas para posarse en ti y anidar en tu corazón.

Soy la fuente de tus fantasías y tus delirios que forjan y alimentan tus deseos.

Soy el poeta de tus risas, de tus canciones y de tus lamentos.

Soy el viento que acaricia tus mejillas para que te sientas libre y despliegues tus alas para volar.

Soy... aquel filántropo que aún sigue creyendo en las esperanzas y en la luz de las sonrisas que abrigan y son la fuente de la felicidad. Y en aquel mensaje que no llega porque el húmedo barro hunde las patas de los caballos.

El blanco inmaculado del papel
se viste ya de rancio amarillo,
que vacío de contenido y brillo
anhelaba ser aquel pincel...

...y ser el protagonista él,
que en la boca de un chiquillo
dibujara, pintara el chascarrillo,
que despertara la risa fiel...

...que reflejara el cariño,
la frescura del delirio
de la sonrisa de un niño...

...que deshiciera el martirio,
que nos hiciera ese guiño,
la lima y limón de un lirio.

¿Dónde habré leído eso? Sí, ya lo sé, aquella escritora que tenía esa habilidad, pero tenía otra mejor, amaba y se dejó amar. Desde entonces ya no navego en ningún buque ni monto a caballo, pues alcancé aquel horizonte en que encontré el cielo, y el sol que era el hogar del amor.

Ahora vivo ahí, afincado en ese Futuro Perfecto que reflejan todo el esplendor de mis letras al escribir, y sí, vuelvo a escribir que significa que vuelvo a estar vivo.

A veces hacemos cosas que parecen imposibles, inauditas y es que dicen que el amor mueve montañas, y debe ser así, pues quién hace un poema de una casa, de un trozo de monte que solo ha visto en una fotografía.

A veces miramos hacia dentro de nuestro corazón para seducirnos a nosotros mismos, y eso solo se puede hacer por amor, y de esa forma caminar en busca de una luz que ilumine otro corazón.

A veces queremos ver en otros ojos la felicidad que nunca vimos en los nuestros al mirarnos al espejo, y lo que vemos son sombras que quieren ser luz, y las locuras se visten de realidad para dar culto a ese amor.

A veces logramos sobrevivir cuando ya no estamos vivos, pues dicen que el fuego de un amor no se apaga con la muerte, y luchamos sin descanso y con todas nuestras fuerzas, y vivimos dando vida a otra vida.

Ahora que no me oyes…

La vida es ese laberinto donde los propios setos no dejan ver lo que hay al otro lado, eso es necesario pues de lo contrario no existiría el concepto de la ilusión y la esperanza. Y ambos componentes son necesarios para la plenitud.

Sabemos que existen otros pasillos, corredores de rumbo desconocido y por tanto deseado por la curiosidad. Con esto conformamos la ilusión, y nos hace reaccionar en todos los sentidos. No sería lo mismo conocer el destino, no habría alicientes, nada que nos hiciese tomar decisiones y la vida sería muy plana y aburrida.

Hace años que reconocí mi trayectoria, que no mi destino, y esa trayectoria marca mi camino, curiosamente no tiene nada que ver conmigo, más bien al contrario, desde que dedico mi vida a objetivos ajenos es desde cuando recibo respuestas.

Y el gran secreto es amar, claro que esto no es tan fácil, porque hay que tener a alguien a quien amar, y no siempre se encuentra.

Como he repetido hasta la saciedad, el amor es esa fuerza inexpugnable y el sentimiento más poderoso. Pero tampoco es tan fácil amar, nunca sabes si es suficiente lo que amas, solo puedes intentarlo.

Puede pasar, porque ha pasado mucho que un desamor o un desequilibrio zanjen todo esto, y ese es el verdadero significado de miedo, del miedo a amar.

Precisamente hoy mismo, has dicho una cosa fundamental, has amado mucho, pero mucho, es una cosa que me consta porque te conozco y lo has dado todo y más.

¿Y qué ha pasado?, pues que la ausencia de reconocimiento ha ido fraguando un desamor. El desamor es la consecuencia del abandono de aquello en que se basó una unión, pero si nunca existió tal unión, entonces es como dos imanes enfrentados con sus polos magnéticos iguales, se repelen.

Como es lógico, cuando pasa esto, la autodefensa es amarse a uno mismo, y también sé que lo has hecho, pero no eres la única persona que lo ha hecho, es muy habitual y además lógico y necesario.

Lo que pasa es que esa carencia te ha hecho una coraza de frialdad, y te puedo asegurar que de fría tú no tienes nada.

La llegada de una persona que te ha amado más allá de los parámetros que tenías en tu mente ha provocado un cambio radical, no instantáneo, eso no es posible, ha sido con el tiempo, incluso lo has dicho, tenías una incertidumbre, algo no cuadraba en tu mente, porque no lo tenías previsto.

Y ahora te digo…

Que cuando realmente conoces el amor, que es cuando tu vida da un vuelco y aprendes a vivir de nuevo.

Has conocido el amor, y nunca lo olvidarás mientras vivas, otra cosa es lo que la vida te presente más adelante, pero siempre serás una persona mucho mejor, porque yo te digo que dar amor siempre tiene respuesta, la tuya ha sido conocerme a mí, y esto no sabemos de dónde viene pero te aseguro que es así. Yo sí lo sé, pero ahora me callo cosas, soy un pícaro últimamente. Ja, ja, ja.

Por lo tanto, dejémonos llevar por esta historia de amor y eso nos dará el objetivo final y verdadero que es la felicidad.

Ese es el objetivo de cualquier ser vivo, incluso los animales. No hay otro.

Termino diciendo que yo hoy por hoy soy feliz, y quiero que tú también lo seas.

Lo de pase lo que pase es un decir, nada cambiará esto. Yo te amaré siempre.

Todo empezó cuando me enamoré de unos ojos, y esos ojos pertenecían a una estrella.

Y qué lejos está una estrella para que un loco pueda alcanzar su brillo.

Después me enamoré de una persona, es algo imprevisto para mí, no creí nunca enamorarme de una persona, no existía una de la que pudiese hacerlo. Sin embargo la realidad y algo más me quitó la razón, sí la había, lo que no sabía es que tendría que luchar tanto por acariciar estrellas, que los miedos me iban a amenazar de por vida por esa osadía.

Lejos de todo eso, no me arrepiento de nada, lo volvería hacer mil veces, mi alma está plena y mi corazón late con fuerza para toda la eternidad.

Volver a empezar es como volver a nacer, pero todo renacimiento conlleva la ruptura con etapas oscuras, funestas y con aquello que pueda significar retroceso, aprender de los errores significa no volver a repetirlos.

Y así fuimos fraguando esa historia de amor singular e irrepetible que significó convertir un sueño en realidad, y una pesadilla en un dulce sueño.

Habían pasado los años, y en ocasiones se produce ese fenómeno de la impregnación, es una de las armas que utiliza el amor para mantenerse en pleno apogeo. Tú tenías ya la edad que define a una persona madura, adinerada, pero porque habías utilizado tus valores y la vida te había recompensado por ello, yo la de aquel viejo que fue restando años para igualarme a ti, casi un pacto con el diablo. ¿Si eso no es cosa del amor, de dónde va a proceder?

Mirábamos el mar en calma desde una terraza, era la Costa Azul, y es que para nosotros todas las cosas eran azules desde hacía tiempo, acariciábamos un vaso de vodka con limón, bebida algo más sostenible que otras, y de vez en cuando las miradas se cruzaban para cerciorarnos de que no era un sueño, sino la pura realidad.

Una sonrisa entre alegre y picarona todavía salía de nuestros labios, nunca perdimos la pasión que nos llevó hasta aquí.

Los ojos hablaban, habías aprendido a leer ojos, y llegaste a entender que los ojos eran las ventanas del alma.

Cultivábamos nuestras plantas del mismo modo que hacíamos crecer más y más nuestro amor, ya no pensábamos en separaciones, ni en nada que nos pudiese alejar, no lo haría ni la propia muerte, y eso nos mantenía vivos.

Un café con leche de madrugada era para nosotros siempre como el primero, y un beso, el que tuvimos que darnos mucho antes, por eso nos dábamos tantos, teníamos que recuperar el tiempo perdido, y un abrazo hablaba de conexión y entrega, y una frase era un poema sin rimas, para qué... si el poema éramos nosotros.

Un día dije que escribiría el mejor poema de mi vida, y era para ti, y me di cuenta que sin saberlo, ya lo había escrito, mi mejor poema eras tú. Mi vida eras tú. Tú eres mi Nuevo amanecer.

FIN

Agradecimientos

Quisiera poder dedicar esta novela a cierta persona en concreto, pero me parece absurdo hacerlo sabiendo que puede sentirse dolida por esto. Tal vez ella sí pretendió sorprenderse a sí misma, pero las fórmulas son determinantes para obtener los resultados deseados.

Es por ello que se la dedico a mi querida esposa, que desde el cielo me guía y me ampara para seguir mis pasos por el camino del bien. Sin duda la persona que me amó sin condiciones.

Que Dios la tenga en su gloria.

Juan José Donaire García

Juan José Donaire García (1954)
Poeta y escritor.

En ocasiones la vida nos reserva sorpresas inesperadas, pero realmente lo que sucede es que somos nosotros los que no sabemos sorprendernos a nosotros mismos, porque la vida y las oportunidades están ahí.